겨울 장미를 그대에게

겨울 장미를 그대에게

초판 1쇄 인쇄일 2014년 4월 20일
초판 1쇄 발행일 2014년 4월 26일

지은이 기쿠카와 나미
옮긴이 박경희
펴낸이 양옥매
디자인 최원용
교 정 조준경

펴낸곳 도서출판 책과나무
출판등록 제2012-000376
주소 서울특별시 마포구 월드컵북로 44길 37 천지빌딩 3층
대표전화 02.372.1537 **팩스** 02.372.1538
이메일 booknamu2007@naver.com
홈페이지 www.booknamu.com
ISBN 979-11-85609-26-3(03810)

이 도서의 국립중앙도서관 출판시도서목록(CIP)은 서지정보유통지원 시스템 홈페이지(http://seoji.nl.go.kr)와 국가자료공동목록시스템(http://www.nl.go.kr/kolisnet)에서 이용하실 수 있습니다.
(CIP제어번호 : CIP2014012405)

겨울 장미를 그대에게

저자 기쿠카와 나미

책과나무

떠올릴 때마다 가슴께가 뜨거워집니다
주저 없이 목숨 바쳐
사랑하는 내가 어여뻤지요
그런 사람이 나에게도 있었습니다
생각만 해도 고요해지는 마음
얼어붙은 정원에 피어나는 한 송이 장미처럼

떠올릴 때마다 피가 끓습니다
내 전부를 걸어도 좋아
불타오르는 내가 어여뻤지요
그런 꿈이 나에게도 있었습니다
생각만 해도 떨리는 마음
얼어붙은 정원에 피어나는 한 송이 장미처럼

떠올릴 때마다 눈물이 흐릅니다
시간이 멈추길 손 모아
기도하는 내가 어여뻤지요
그런 소설 같은 이야기가 나에게도 있었습니다
생각만 해도 따뜻해지는 마음
얼어붙은 정원에 피어나는 한 송이 장미처럼

그이라도 좋아
꿈이라도 좋아
소설이라도 좋아
생각만 해도 행복한 내음이 샘솟는
그런 마음을 품고 살고파
사랑하는 당신에게 전하고파
차디 찬 추위에도 아름답게 피어나는 겨울 장미를 그대에게

contents

제1화
우편함

아버지 다치바나 고지와 어머니 사토코는 내가 4살 때 이혼했다. 부모님이 헤어진 이유가 궁금하기는 했지만 지금까지 25년간 살아오면서 단 한 번도 어머니에게 물어본 적은 없다. 한 번 입밖으로 내면 멈출 수가 없어 결국 그 일에 대해 물어보게 될 것 같아서다. 그럴 바에야 차라리 평생 모르는 편이 낫다.

내 기억 속의 아버지는 굳이 말하자면 과묵한 편이었다. 여행사에서 일했는데, 매일 귀가 시간이 늦었다. 그 때문인지 아버지와 함께 식사를 한 기억이 거의 없다.

다만 아버지와 함께 공원에서 그네를 탔던 일만은 지금도 생생히 떠오른다. 나는 아버지가 큰 소리로 "미키, 저 하늘까지 날아가라"라고 하면서 그네를 힘껏 밀어주는 걸 정말 좋아했다.

"아빠, 더 밀어주세요. 세게요."

내가 좀처럼 그네에서 내리려 하지 않아 아버지는 난처해 하곤 했다. 집에 갈 때면 항상 아버지가 나를 업어 주었다. 넓은 아버지의 등이 어찌나 포근한지 나도 모르게 꿈나라에 빠졌다가 갑자기 어머니 목소리가 들려 깨보면 침대 위에 누워 있던 일도 자주 있었다.

반면, 어머니는 밝고 명랑한 성격의 소유자였다. 매일 집안일을 하면서 그 당시 유행했던 포크송이나 트로트, 가요를 집 밖에서도 들릴 듯한 큰 소리로 신 나게 불렀다. 나도 어머니가 좋아하는 노래를 한 곡씩 외워서 함께 부르곤 했다. 그래서 그런지 회사 동료들과 노래방에 가도 자신 있게 부를 수 있는 노래는 어렸을 때 유행했던 가요뿐이었다. 지금도 어머니와 같은 세대의 상사들이 종종 놀라곤 한다.

그 무렵, 어머니는 대학을 졸업한 뒤 13년 가까이 일한 중견 상사에서 총무부 문서과 계장으로 승진한 지 얼마 안 된 시기였다. 일과 육아를 병행하며 바쁜 나날을 보내고 있었다. 그때는 결혼과 동시에 일을 그만두는 게 당연시 여겨졌는데 어머니는 결혼을 하고 임신을 한 후에도 일을 그만두기는커녕 회사 규정대로 출산 휴가를 쓰고 복귀한 첫 여직원으로 회사에서 화제였다고 한다. 어머니의 직장 동료들이 자주 이 이야기를 해 주었다.

게다가 더 놀라운 것은 어머니가 어린 나에게 일에 관한 이야기를 자주 들려준 점이다.

"문서과는 말이지, 엄마 회사에서 일하는 사람들한테 새로운 소식이 있을 때마다 편지를 써서 사장님이 직접 직원들에게 전달할 수 있도록 준비하는 곳이야. 예를 들어서 도쿄에서 일하는 직원이 홋카이도에 가게 된다든가, 어제까지 과장이었던 직원이 열

심히 일한 선물로 오늘부터 부장님이 된다든가."

덕분에 나는 초등학교에 입학하기 전부터 같은 또래 아이들이 모르는 말들을 많이 알고 있었다. 가장 먼저 외운 단어는 당연히 '발령'이었다. 그 외에도 어머니가 종이에 그림을 그려가며 알기 쉽게 설명해 주어 '전근'이나 '채용', '이동', '승진' 등 수많은 단어들이 나도 모르는 사이에 머릿속에 저장되었다.

어머니가 계장이 된 사연도 내가 정말 좋아하는 이야기 중 하나였다. 어머니가 문서과로 이동한 지 얼마 안 된 어느 날. 상사가 자리를 비워 어머니가 대신 타이핑 일을 하게 되었는데, 마침 승진 발령을 받은 직원 대부분이 어머니의 동기들이었다. 어머니는 기쁜 나머지 마치 사장이 직접 쓴 것처럼 모든 발령문에 축하와 격려의 메시지를 적어 사장실에 직접 가져갔다. 사장은 평소와 다른 문서를 보고 처음에는 당황했지만 그날 문서를 받은 직원들 사이에서 사장의 진심이 담긴 메시지가 인기를 끈 사실을 알게 되자 어머니를 불러 칭찬했다.

훗날 사장이 손수 전해준 발령문을 보고 어머니는 그날 일이 이례적인 승진의 계기가 되었다고 확신했다. 거기에는 상투적인

문구에 이어 사장이 진심을 담아 직접 쓴 듯한 메시지가 적혀 있었다.

—기업 문화 향상에 기여한 당신의 노력에 찬사를 보냅니다. 앞으로도 개성 넘치는 능력을 발휘해 당사 발전을 위해 애써 주세요.—

어머니는 그 일이 정말 기뻤던 모양이다. 내게 본인 역할을 시키고 어머니는 사장 흉내를 내며 자신이 발령받던 상황을 재연해 보곤 했는데, 그때마다 함께 웃던 일이 아직도 또렷하게 기억난다.

어머니와 아버지는 내가 태어나자 신혼집이던 무사시코야마의 원룸에서 외할머니가 사는 가메이도로 이사를 했다. 외할머니가 나를 어린이집에 바래다주고 어머니가 퇴근할 때까지 돌보아 주었다. 어린이집에서 친구와 노는 것도 즐겁긴 했지만 사실은 어머니와 온종일 함께 있고 싶었다. 외할머니, 외할아버지와 함께 어머니가 돌아오기만을 애타게 기다리는 시간이 내게는 길고도 고통스럽게 느껴졌다. 반대로 "다녀왔어요"라고 인사하는 어머니의 목소리가 들리는 순간이 하루 중 가장 행복했다. 좁은 방을

구르듯 현관까지 한달음에 달려가 어머니 품에 안겼다. 나는 "엄마, 사랑해요. 세상에서 엄마가 제일 좋아요"라고 말하며 어머니 볼에 뽀뽀했다. 그리고는 어머니 손을 꼭 잡고 함께 큰소리로 노래를 부르며 집으로 돌아갔다.

그날은 4월인데도 금방이라도 눈발이 흩날릴 것만 같은 추운 밤이었다. 어머니는 평소처럼 나를 데리러 와 "엄청 춥네, 추워"라고 말하면서 내 왼손을 코트 안에 넣고 꼭 잡았다. 그리고 추위가 단숨에 날아갈 듯한 큰 소리로 그 당시 유행하던 신 나는 가요를 부르면서 집으로 향했다.

그 시절 우리는 가메이도텐진 신사 바로 뒤편에 위치한 오래된 콘크리트 아파트 2층에 살았다. 입구에 들어서면 1층 맨 안쪽에 계단이 있었고, 계단 바로 옆에 각 집의 우편함이 있었다. 어머니는 매일 우편함을 확인했다.

"아, 이것은 아빠한테 온 편지네. 음, 이것은 청구서 같은데? 이건 은행에서 온 건가?"

어머니는 항상 이렇게 혼잣말을 하며 우편물을 하나씩 확인한 다음 내 손을 이끌고 힘차게 계단을 올랐다.

"오늘도 잘 있었어요? 미키와 저 왔어요."

그리고 문을 열자마자 빈집에 안부 인사를 건네고 방으로 들어가는 게 습관이었다.

그런데 그날 우편함에서 한 통의 편지를 꺼내든 어머니 표정이 점점 어두워졌다. 그리고 평소와 달리 그 자리에서 봉투를 뜯어 바로 편지를 읽기 시작했다. 그리고 갑자기 "뭐라고, 이게 무슨 소리야?"라고 말하며 굵은 눈물을 흘렸다.

"엄마 무슨 일이야? 엄마."

나는 어머니에게 큰 일이 생겼다고 생각해 영문도 모르는 채 함께 엉엉 울었다. 어머니는 잠시 그 자리에 선 채 두 손으로 얼굴을 감싸고 숨죽여 흐느꼈지만 잠시 후 손으로 눈물을 훔치더니 진정되었는지 "후"하고 숨을 내쉬고 이렇게 말했다.

"미안해, 미키. 이제 괜찮아. 자, 집에 들어가자."

그리고 내 손을 잡고 계단을 올라가 평소처럼 씩씩하게 인사하면서 방으로 들어갔다.

그날 밤 어머니와 아버지 사이에서 무슨 이야기가 오고 갔는지 알 수 없지만, 다음날 눈을 떠보니 아버지는 이미 집을 나간 뒤였다. 아버지가 좋아하는 가죽 잠바도 벽에 걸려 있지 않았고, 큰

운동화도 현관에 놓여 있지 않았다. 그것이 무엇을 의미하는지 당시 5살이었던 나도 어렴풋이 짐작할 수 있었지만 입 밖으로 꺼내면 어머니가 다시 울어버리는 건 아닌지 걱정스러웠다. 어린 나는 이 일에 대해 절대로 묻지 않으리라 굳게 결심했다.

그 후 어머니와 나는 외할머니 집으로 이사했다. 외할머니 집에는 오랫동안 비어있던 세평 남짓한 방이 하나 있었는데, 어머니와 나는 이곳에서 새로운 생활을 시작하게 되었다.

"아빠는 새로 시작한 일 때문에 외국에 가게 되었단다. 그러니까 앞으로는 외할머니와 외할아버지와 같이 이 집에서 살자. 엄마는 무슨 일이 있더라도 미키 곁을 떠나지 않을게."

왜 이사를 하게 되었는지 설명하는 어머니의 말 하나하나가 내 마음에 깊이 와 닿아, 나는 어머니만 있으면 충분하다고 생각했다.

어머니는 이혼 후 내가 어머니의 성을 따를 수 있도록 나를 어머니 호적으로 옮겼다.

지금 돌이켜보면 당시 어머니는 많이 힘들었을 것이다. 그럼에도 어머니는 예전보다 더 힘차고 밝은 모습으로 지냈고, 새로운 놀이를 잇달아 생각해내 나를 웃게 했다. 나는 그런 어머니가 좋아 전보다 더 어머니 곁에 꼭 붙어있었다. 엄마가 정말 좋아, 엄마만 곁에 있으면 다른 건 아무것도 필요 없어. 나는 이런 마음을 담아 마치 노래라도 부르듯 어리광을 부리며 말했다.

"엄마, 사랑해요. 이 세상에서 제일 좋아. 정말 정말 사랑해."

그런 행복을 누리던 내게도 하루에 한 번 불쑥 찾아오는 공포의 순간이 있었다. 그것은 외할머니가 어린이집에서 날 데리고 집으로 돌아와 우편함에서 편지를 꺼내는 순간이었다.

외할머니 집은 오래된 목조 주택으로 집을 둘러싼 담 밖에 우편함이 있었는데, 우편물을 집안에서 꺼낼 수 있는 구조였다. 언제부터였을까, 나는 우편물을 확인하던 외할머니가 "이건 미키 엄마한테 온 편지네"라고 말할 때마다 "외할머니, 그거 엄마가 울어버릴 편지 아니지?"라고 물어보게 되었고, "괜찮아, 엄마가 기뻐할 좋은 편지야"라고 대답할 때까지 할머니 표정을 가만히 지켜보면서 기다렸다.

"그렇게 얘기 안 하면 사토코가 집에 올 때까지 걱정하느라 간식도 안 먹어. 얼마나 안쓰러운지. 정말 눈물이 날 정도라니까."

어느 날 외할머니가 이모에게 그렇게 말하는 것을 들은 뒤로 혹시나 내게 거짓말을 하는 것은 아닌지 의심스러워 외할머니가

우편함을 열어보는 순간을 더욱더 두려워하게 되었다. 그리고 놀랍게도 이 공포심은 25년 동안이나 계속 이어졌다.

그로부터 몇 년 후 어머니와 나는 근처 아파트로 이사해 둘만의 생활을 시작했는데, 우편함 공포증은 조금도 나아지지 않았다.

'우편함을 못 여는 사람이 있다는 이야기는 들어본 적도 없다'고 스스로 다독이며 우편함 앞에 몇 번 서 보기도 했다. 그러나 그때마다 25년 전 그날 바로 옆에 내가 있다는 것도 잊어버리고 흐느껴 울던 어머니의 모습이 트라우마처럼 떠올라 아무리 애를 써 봐도 그 공포를 극복할 수 없었다.

그랬던 나도 결혼하게 되어 어머니 곁을 떠나게 되었다. 그토록 어머니 곁에서 떠날 줄 몰랐던 나도 중학교, 고등학교에 진학하면서 조금씩 홀로 지내는 법을 터득하게 되었고, 더 이상 어릴 적 모습을 찾아볼 수 없었다. 어릴 때 헤어진 아버지와도 1년에 한 번씩 둘이서 만나게 되었는데, 그때마다 "산타와 데이트하고 온 거야?"라며 어머니가 어이없어 할 정도로 갖고 싶은 것을 잔뜩 선물 받는 사이가 되었다.

하지만 단 하나, 우편함을 직접 열어볼 수 없는 것만큼은 변하지 않았다. 남자친구인 히사나가 유이치에게 프러포즈 받았을 때

큰마음을 먹고 이 이야기를 했다. 그러자 그는 미소를 지으며 이렇게 말했다.

"언젠가 당신이 스스로 우편함을 열어보고 싶은 마음이 생길 때까지 우편물은 내가 확인할게. 하지만 약속할게. 당신을 눈물짓게 하는 편지가 오는 일은 절대 없을 거야."

그 말을 들은 나는 먼저 다가가 그의 품에 안겼다.

결혼식을 올리지 않고 그 비용을 신혼집을 구하는 데 쓰고 싶다는 우리의 희망을 양가 부모님은 흔쾌히 허락해 주었다. 그래도 신혼여행만큼은 다녀오자는 유이치의 제안으로 우리 부부는 하와이로 떠났다. 둘 다 새까맣게 탄 얼굴로 귀국해 나리타공항에서 어머니에게 전화를 걸었다. 그런데 어머니가 이상한 말을 했다.

"미키야, 잘 다녀왔어? 신혼여행 즐거웠니? 오늘부터 드디어 신혼생활이 시작되네. 미키가 없는 사이 엄마가 편지 써서 신혼집으로 보냈어. 집에 도착하면 꼭 우편함 확인해 봐."

"응? 혹시 우편으로 보낸 거야?"

"그럼. 넌 이제 한 가정의 주부야. 우편함 공포증을 극복해야 할 때가 왔어."

이렇게 말하더니 어머니의 목소리가 떨리기 시작했다.

"엄만 계속 알고 있었어. 미안해, 엄마 때문에 오랫동안 미키 가슴을 아프게 해서."

잠시 침묵이 이어진 뒤 어머니는 평소처럼 밝은 목소리로 노래 부르듯이 말했다.

"앞으로 꼭 행복해야 해."

어머니가 오랫동안 내 고민을 알고 있었다는 충격과 이제부터 우편함을 직접 열어 봐야 한다는 생각에 나는 심장이 두근거리고 온몸이 떨리기 시작했다.

신혼집에 도착하자마자 우리는 우편함 앞으로 달려갔다. 남편이 옆에서 지켜보는 가운데 나는 크게 심호흡을 하고 우편함을 열었다. 안에는 큼지막한 핑크색 편지봉투가 들어 있었다. 귀여운 하트가 그려진 우표가 두 장 붙여져 있었고 눈에 익은 어머니 글씨로 내 이름이 적혀 있었다. 뒷면을 보니 거기에도 비슷한 하트 스티커가 붙어 있어 쉽게 열 수 있었다.

떨리는 손으로 편지를 뜯어보니 느닷없이 '발령'이라는 두 글자가 눈앞에 나타났다. 정감 어린 단어였다. 편지를 읽는 동안 어릴 적 어머니와 함께 보낸 즐거웠던 추억이 머릿속에 떠올랐다.

편지를 다 읽은 나는 "엄마도 참"이라고 하면서 웃었다. 그리고는 큰소리로 엉엉 울었다.

근심 어린 표정으로 날 지켜보고 있던 남편이 편지를 재빨리 뺏었다. 그리고 한번 훑어보더니 나처럼 웃음을 터트리곤, 소리 내어 읽기 시작했다.

"발령, 히사나가 미키 님. 오늘부로 당신은 히사나가 유이치 님의 아내가 되었음을 알립니다. 이로써 저 다치바나 사토코는 오랫동안 누려온 '미키가 세상에서 제일 좋아하는 사람'의 자격을 포기하고 경의를 표하며 유이치 님께 양도하겠습니다. 앞으로 둘이서 힘을 합쳐 행복한 가정을 꾸려나가기 바랍니다. 2011년 4월 19일 다치바나 사토코."

그것은 어머니가 딸에게 보낸 세상에 단 하나뿐인 마지막 발령문이었다.

우리가 결혼하고 얼마 지나지 않아 어머니는 정년퇴직했다. 사장은 어머니의 퇴직 발령문에 어떤 메시지를 적었을까?

어머니는 지금 홀로 세계 일주를 하고 있다. 최근 들어서야 그것이 어머니의 오래된 꿈이었음을 알게 되었다. 그러고 보니 어머니가 지금까지 혼자 여행을 떠난 적은 한 번도 없었다. 언제나

나와 함께였다. 어머니의 부재가 딸에게 어떤 의미인지 항상 신경 썼던 것 같다.

지난주에는 샌프란시스코에서 엽서가 도착했다. 어제 받은 엽서는 페루의 마추픽추에서 보낸 것이었다. 오늘은 어디에서 편지가 도착할지 우편함을 여는 게 한없이 기대된다.

제 2 화
눈물색 하늘

이른 봄 차 없는 거리로 지정된 긴자는 젊은 연인들로 넘쳐났다. 찰싹 달라붙어 걸어 다니는 이들, 이어폰을 한 쪽씩 꽂고 함께 음악을 들으며 리드미컬하게 걸어가는 이들, 손을 꼭 잡은 채 다른 손에 쥔 휴대폰 화면을 훔쳐보듯 힐끔거리는 이들까지 각양각색이었다. 어디서 날아온 걸까, 벚꽃 꽃잎이 실린 산들바람이 거리를 걷는 이들의 뺨을 이따금씩 부드럽게 어루만졌다.

그 거리 한가운데서 기리시마 다카아키와 아야코는 어린아이처럼 떠들면서 사이좋게 잡은 손을 하늘을 향해 힘껏 치켜들었다.

"아야코, 그렇게 흔들면 사람들이 쳐다봐."

다카아키가 한마디 해도 아야코는 전혀 개의치 않고 더욱 세게 흔들기 시작했다.

"뭐 어때요. 이제 다른 사람이 어떻게 생각하든, 누구를 만나든, 전혀 상관없어요. 이렇게 당신과 손을 잡고 걷는 게 제 꿈이었어요. 사실은 큰소리로 외치고 싶은걸요. '드디어 기리시마 다카아키의 아내가 되었습니다'라고요. 여보, 봐요. 하늘이 정말 맑아요. 구름 한 점 없어요. 하늘도 우리를 축복해 주는 것 같아요."

"정말이네. 지금까지 고생 많았어. 15년이나 사람들 시선을 피하면서 살아왔네. 지금까지 함께해 줘서 고마워."

그렇게 말하며 다카아키는 아야코의 손을 꽉 잡고 다시 한 번 하늘을 향해 손을 치켜들었다.

두 사람의 겨울은 길고 길었다.

16년 전, 아야코는 직장 선배인 다카아키에게 처음으로 관심을 갖게 되었다. 야근을 하고 회사를 나오니 갑자기 비가 쏟아지던 그날. 서둘러 우산을 쓴 아야코의 수 미터 앞을 낯익은 사람이 걸어가고 있었다. 비가 내리는 거리를 혼자 걸어가는 쓸쓸한 뒷모습에 아야코는 말로 표현할 수 없는 애절함을 느껴 조용히 우산을 받쳐 주었다.

놀란 다카아키는 우산의 주인이 아야코임을 알아채고 나서야 활짝 미소를 지었다.

"뭐야, 후쿠이 씨네. 미안해, 못 알아봤어. 이 시간까지 회사에 있었어? 수고가 많네. 그나저나 일은 힘들지 않아? 난 아야코 씨 일에 대해서 잘 몰라서 도움이 안 될 수도 있지만 무슨 일 있으면 언제든 얘기해."

아야코는 기리시마의 따뜻한 말에 감동했다. 소문에 의하면, 부인과 두 명의 아이들은 후지사와에 있는 집에서 살고, 기리시마는 혼자 원룸에서 지내기 시작했다고 한다. 이혼도 시간문제라는 말이었다. 따뜻한 말이 필요한 사람은 기리시마였을 텐데 반대로 아야코가 위로를 받았다. 그렇게 위로의 말을 해준 회사 선배는 기리시마가 처음이었다.

그날 이후 두 사람은 급속히 가까워졌다. 동료들이 눈치채지 못하도록 회사에서 두 정거장 떨어진 곳에서 주에 2~3번씩 만나 데이트를 했다. 그리고 3달이 채 되기도 전에 아야코가 먼저 같이 살자고 제안했다.

아야코의 어머니는 딸이 유부남을 좋아한다는 이야기를 듣고는 부모 자식의 연을 끊겠다며 밤새 소리 내어 울었다. 아야코의 형제들도 같은 반응을 보이면서 계속 반대했다.

"아버지가 살아계셨으면 뭐라고 하셨을 것 같아?"

아야코의 약점이나 다름없는 이야기로 설득하려 들기도 했다. 하지만 아야코의 결심은 변하지 않았다. 기리시마야말로 자신이 평생 사랑하고 존경할 수 있는 유일한 남자라 믿어 의심치 않았다.

얼마 지나지 않아 아야코는 가족들의 반대를 무릅쓰고 집을 나갔다. 아무도 모르게 이직도 했다. 기리시마의 원룸에서 새로운 삶을 시작하리라 굳게 결심했다.

하지만 어디서 어떻게 알아냈는지 기리시마 부인이 아야코의 존재를 알게 되자 금방이라도 마무리될 것 같았던 이혼 이야기가 원점으로 돌아가고 말았다. 그리고 '무슨 일이 있어도 남편과 절대 헤어지지 않겠다. 아이들이 대학을 졸업할 때까지는 아버지가 꼭 필요하다'는 메시지를 변호사를 통해 아야코에게 보냈다. 예상에서 한 치도 어긋나지 않는 내용이었다.

그뿐만 아니라 매월 남편의 도움 없이는 도저히 아이들과 셋이서 살아갈 수 없다는 듯이 결혼 전부터 계속 해오던 영양사 일마저 그만두고 말았다.

아야코는 그 소식을 들어도 전혀 당황하지 않았다. 그러기는커녕 '기리시마 월급은 전부 부인과 아이들에게 주면 돼. 내 월급으로 두 사람이 충분히 먹고살 수 있어. 하지만 기리시마는 절대 양보할 수 없어. 난 끝까지 이 사랑을 지킬 거야'라고 마음을 굳세게 먹었다.

그렇게 5년이 흐르고 10년이 흘러 이제 15년이 되려던 때, 포기를 한 건지 아니면 아이들이 성인이 되었기 때문인지 부인이 먼저 협의이혼 절차를 다시 밟고 싶다고 말했다. 기리시마와 아야코에게는 기다리고 기다리던 소식이었다. 기리시마는 부인 측 요구대로 후지사와의 집과 본인 적금을 모두 부인에게 주었다. 그리고 어제 드디어 이혼을 했고 기리시마와 아야코는 곧장 혼인

신고를 했다.

그로부터 3주 정도 지난 뒤 두 사람은 회사 동료와 친구들을 초대해 조촐하게 결혼식을 올렸다. 사회는 아야코와 학창시절부터 절친한 친구인 가와세 미키가 맡았다. 하객들이 차례로 돌아가며 오랫동안 두 사람한테 어떻게 속아왔는지를 재치 있게 말해 웃음이 가득하고 따뜻한 자리가 되었다. 신혼여행은 호주로 갔다. 지금까지도 함께 해외여행을 간 적은 있었지만 처음으로 같은 성이 적힌 여권을 들고 체크인할 수 있게 된 것에 아야코는 가슴이 뜨거워질 만큼 행복을 느꼈다.

결혼한 후 3달이 눈 깜짝할 사이에 지나 어느덧 여름이 되었다.

7월 초 어느 토요일 가와세 미키는 평소처럼 아야코와 스포츠클럽 수영장에서 만나 25미터 레인에서 각자 수영을 하고 있었다. 잠시 후 미키는 아야코의 모습이 평소와 다르다고 느꼈다. 수영하고 있다기보다는 잠수하고 있는 것처럼 보였다. 미키는 아야코가 물 밖으로 고개를 내미는 순간을 기다렸다 말을 걸었다.

"아야코, 무슨 일 있어? 오늘 계속 잠수하고 있는 것 같은데? 어, 얼굴이 왜 그래? 물속에서 울고 있었던 거야?"

미키는 아야코의 얼굴을 들여다보며 물었다.

"티나? 역시 안 통하네. 물속이라면 마음껏 울어도 아무도 모를 거라고 생각했는데."

"물론이지. 무슨 일 있었어? 부부싸움이라도 했어?"

아야코는 크게 한숨을 쉰 다음 쏟아내듯이 말했다.

"그이가……암 말기래. 앞으로 남은 시간이 길어봤자 반년이래. 암세포가 온몸에 퍼진 상태라 손을 쓸 수가 없대."

"세상에. 그럴 리가……전혀 믿기지가 않아. 제대로 확인한 거 맞아?"

"응. 도쿄여자의대에서 건강검진을 받은 후로 행동이 좀 이상하길래 영 찜찜해서 한번 알아봤어. 미키도 알지? 거기에 내가 오래 알고 지낸 선생님이 계시잖아. 그분이 말해준 거야. 그이도 알고 있을 텐데, 내겐 말해 주지 않아. 그래서 나도 그이가 말해 줄 때까지 모르는 척하기로 했어. 그런데 너무 슬프고 안타까워서 어떻게 해야 할지 모르겠어. 울 수 있는 곳도 물속뿐이야."

아야코는 어깨를 들썩이면서 울었다.

"미안해. 아무것도 해주지 못해서."

미키는 아야코를 안고 함께 소리 내 흐느꼈다.

그 뒤로 아야코는 마치 무대 위에 선 베테랑 여배우처럼 행동했다. 기리시마 앞에서는 본인이 알고 있다는 사실을 내색도 하지 않고 평소와 똑같이 밝은 모습으로 지냈다. 회사도 쉬지 않고 계속 다녔고 기리시마가 언제 병원을 가는지, 어떤 치료를 받고 있는지 일체 물어보지 않고 아무것도 모른다는 듯 행복한 부인의 모습을 연기했다.

기리시마도 가끔 치료 때문에 입원할 일이 생겨도 끝까지 검사를 하러 간다고 말했고, 회식을 제외하고는 일도 평소대로 했다.

그러나 병세는 가차 없이 악화되었다. 그 해 연말 기리시마는 평소처럼 검사를 받으러 입원한다고 말한 뒤 이틀 동안 집을 비웠다. 지친 몸을 이끌고 집에 돌아온 기리시마는 그날 밤 잠자는 듯이 세상을 떠났다. 아야코의 손을 꼭 잡은 채 새벽까지 아야코가 눈치채지 못할 정도로 조용히 이 세상을 떠났다. 불과 53세의 나이였다.

그 소식을 들은 미키는 아야코의 아파트로 달려갔다. 이미 장례 업체 직원들이 장례식 준비를 하고 있었다. 맨 안쪽에 있는 다다미방에 들어서자 아야코가 혼자 기리시마 시신 옆에 앉아 있었다.

"아야코……괜찮아?"

미키가 온 것을 알아챈 아야코가 천천히 뒤돌아봤다.

"아, 미키, 왔어? 괜찮아. 벌써 울 만큼 울었어. 하늘이 눈물색으로 보일 만큼. 그이 표정 좀 봐. 다른 사람한테는 보여주기 싫은데 미키만은 봐줬으면 해."

아야코는 그렇게 말한 다음 자리에서 일어나 시신 머리맡으로 가더니 얼굴을 덮은 하얀 천을 벗기고는 자신의 무릎 위에 기리시마의 얼굴을 안아 받쳤다. 반년 전 활기가 넘쳤던 기리시마의 얼굴은 찾아볼 수도 없을 만큼 여위었지만 그래도 아야코와의 결혼생활이 얼마나 행복했는지 고스란히 느껴질 만큼 편안한 표정으로 잠들어 있었다.

"그이가 끝까지 시간이 얼마 남지 않았다는 사실을 내겐 말하지 않았어. 병원에 다니면서도 말하지 않았고, 퇴원하면 뭘 먹으러 갈지 다음 해외여행은 어디로 갈지 이런 이야기를 하면서 마지막까지 거짓말을 했어."

"그랬구나. 아야코는 어떻게 했어?"

"나도 마찬가지였어. 그이가 말해 주지 않는다면 끝까지 속아 주겠다고 결심했거든. 둘 다 바보 같지? 15년 동안 세상을 속이고 마지막 반년은 서로를 속인 사기꾼 부부야."

입가에 미소를 지으며 아야코가 속삭이듯 말했다. 미키는 이를 악물고 눈물을 참았다. 여기서 울어서는 안 된다, 두 사람의 사랑에 경의를 표하려면 눈물을 보여서는 안 된다고 그 방법밖에 없다고 생각했다. 그리고 잠깐 마음을 가라앉힌 다음 마치 지금 막을 내린 훌륭한 무대에 박수를 보내듯이 외쳤다.

"잘했어, 아야코. 두 사람 다 정말 멋져. 브라보!"

제 3 화
글씨

신록의 싱그러운 바람을 맞으며 미즈키 마키코는 빠른 속도로 자전거 페달을 밟았다. 조금만 더 가면 가메이도에 있는 친정집에 도착한다. 아버지가 살아계셨을 때부터 일요일 저녁은 늘 친정에서 먹었다. 3년 전 딸 마이코가 시집가기 전까지는 딸과 함께 찾아가곤 했다. 어머니 홀로 지내게 된 뒤로는 오후에 간식을 함께 먹고 대화를 나눈 후에 저녁 준비를 하게 되었다.

신호등이 빨간 불로 바뀌자마자 마키코는 급하게 브레이크를 밟았다. 막 횡단보도를 건너기 시작한 7~8명의 사람들이 왁자지껄 떠들며 이쪽으로 달려왔다.

바로 그때 마키코 옆을 스쳐 지나가던 사람이 말을 걸어왔다.

"저기, 말씀 좀 여쭤 볼게요. 이 근처에 파출소가 있습니까?"

뒤돌아봤더니 70세 전후로 보이는 말끔한 옷차림의 어르신이 서 있었다.

"네, 파출소라면 이대로 5~6분 정도 쭉 직진하면 덴진바시가 나와요. 그 다리를 건너면 바로 보여요. 방금 그쪽에서 오시지 않았어요?"

마키코는 수상한 느낌이 들어서 물어봤다.

"아, 예. 정신을 놓고 걷다가 지나쳤나 보네요. 이런, 어떡하지? 저기, 여기서 오시아게 역까지는 얼마나 걸립니까?"

"제법 걸려요. 걸어서 15분 정도요. 무슨 일 있으세요?"

"네, 실은 제가 지갑을 잃어버려서요. 액수가 크진 않은데, 동전도 거기다 같이 넣어놨어요. 파출소에서 교통비를 빌려줄지는 모르겠지만 일단 가보려고요."

"어디까지 가시는 거예요?"

"그게……미우라해안 역까지 가야 해서요."

"아……꽤 거리가 있네요."

"네. 그런데 가는 도중에 있는 요코하마에 친척이 살거든요. 거기까지 가면 괜찮을 것 같은데요."

"요코하마 친척분 댁까지 가는데 요금이 얼마나 나와요?"

순간 마키코는 아차 싶었다. 또 평소 버릇이 나왔다. 어릴 때부터 곤경에 처한 사람을 보면 그냥 지나치지 못하는 성격인데, 그게 지나쳐서 지금까지 후회한 적이 한두 번이 아니었다.

"정확히는 기억이 안 나는데 아마도 900엔 정도였던 것 같아요."

그 말을 들은 마키코는 두 발에 힘을 주고 자전거를 고정시킨 후 가방에서 동전 지갑을 꺼내 손바닥에 동전을 털어놓았다.

"4개, 7개, 9개……딱 960엔 있네요. 자, 여기요. 이걸 쓰세요."

마키코는 어르신이 받기 편하도록 동전을 올린 손을 펴서 내밀었다.

"네? 제게 빌려주시는 겁니까? 아, 정말 감사합니다. 이렇게 빌려주셔도 괜찮으신가요? 그럼 신세 좀 지겠습니다. 그러면 죄송하지만 성함과 주소를 알려주세요. 집에 가면 바로 갚겠습니다."

"아닙니다. 신경 쓰지 마세요. 동전밖에 없어서 죄송해요."

"그러지 마시고 꼭 알려주세요. 그래야 제가 마음이 편합니다."

어르신은 고개를 숙이며 동전을 받아 호주머니에 넣은 후 가방에서 메모장과 볼펜을 꺼냈다.

"알겠습니다. 그럼 말씀드릴게요. 저는 미즈키 마키코라고 하고요. 물 수 자에 나무 목 자를 써서 미즈키, 진실 진 자, 나무 수 자, 그리고 아들 자 자를 써서 마키코라고 읽습니다. 주소는 고토구 모리시타 2-……."

마키코는 어르신이 손에 쥔 볼펜의 움직임을 주시하며 주소까지 말한 후에 메모장을 힐끔 쳐다봤다. 순간 감탄사가 터져 나왔다.

"우와, 글씨 정말 잘 쓰시네요. 서예가이신가요?"

"아니요, 그럴 리가요. 미즈키 마키코 씨라고 하는군요. 이름이 참 예쁘네요."

"감사합니다. 돌아가신 아버지께서 지어주셨어요. 그런데 글씨를 정말 잘 쓰시는데 어떻게 하면 그렇게 잘 쓸 수 있나요?"

"아닙니다. 부끄러울 따름입니다."

마키코는 자전거를 탄 채 4~5분 정도 대화를 나누었다. 그리고 어르신을 배웅하고 기분 좋게 친정집으로 향했다.

"엄마, 저 왔어요. 방금 대단한 할아버지를 만났어. 글씨를 엄청 잘 써."

마키코는 구두를 홀랑 벗은 다음 올해 80세가 되는 어머니 기쿠에게 숨을 헐떡거리며 조금 전 일을 말했다.

하지만 기쿠는 놀라는 기색도 없이 마키코의 이야기가 끝나기가 무섭게 말했다.

"안됐다, 얘. 그 사람 사기꾼이야. 너는 어릴 때부터 어쩜 그리 잘 속아 넘어가니."

"아니야, 엄마. 이번만큼은 절대 아니야. 그렇게 글씨를 잘 쓰는 사람이 사기 칠 리가 없어. 옷차림도 깔끔했고 볼펜하고 메모장도 갖고 있었는데. 돈 꼭 갚을 거야. 내기해도 돼."

"아닐 것 같은데."

두 사람의 대화는 그렇게 끝났다. 마키코는 방금 전까지 아름다워 보였던 하늘에 구름이 낀 것처럼 마음이 어두워졌지만 젊을 때 펜글씨에 빠졌던 어머니가 보았다면 반드시 자신과 똑같은 인상을 받았을 것이라고 생각했다.

그로부터 2주가 흘렀다. 마키코는 출판사 일에 쫓겨 매일 10시가 넘어서야 집에 돌아왔다. 전문대를 졸업한 뒤 두 번 전직을 했는데, 마지막이라 생각하고 세 번째로 이직한 이 회사에 다닌 지 벌써 25년째다. 같은 시기에 입사한 동기들은 결혼이나 출산 등을 이유로 오래전에 그만두었고 현재 남아있는 동기는 아무도 없다. 오직 마키코만이 결혼을 하고 아이를 낳은 후에도 심지어 이혼을 한 뒤에도 아무 일도 없다는 듯 묵묵히 일을 계속했다. 덕분에 지금은 일을 중요하게 생각하는 젊은 여직원들 사이에서 동경의 대상이 되었다. 하지만 3년 전에 딸 마이코가 시집을 간 후 홀로 남겨진 마키코는 점차 일에 지치기 시작했고 무거운 다리를 이끌고 집에 들어오는 날이 많아졌다. 그게 현실이었다.

그런데 최근 2주 동안 마키코는 집에 가는 일이 마냥 즐거웠다. 날마다 그 어르신으로부터 편지가 도착하지 않았을까 하는 기대에 부풀어 아파트 불빛이 보이기 시작하면 곧장 뛰어가고 싶을 만큼 마음이 들떴다.

얼마 지나지 않아 그날 있었던 일을 딸 내외에게도 말했으나 어머니에게 얘기했을 때와 마찬가지로 진지하게 받아들이지 않았다. 특히 대형마트 체인점에서 일하는 사위 다쓰야의 반응에 크게 상처받았다.

"장모님, 이런 말씀 드리기 죄송하지만, 그건 사기인 것 같네요. 제가 일하는 마트에서 물건을 훔치는 사람 대부분이 나이 든 사람이에요. 적발된 순간 '죄송합니다, 계산하는 걸 깜박했습니다'라고 시치미를 뗀단 말이에요. 정말 진저리가 나요."

그래도 마키코는 어르신으로부터 편지가 오기를 계속 기다렸다. 어르신을 믿고 싶어서인지 어르신의 글씨를 믿고 싶어서인지 아니면 글씨로 사람을 판단한 자신을 믿고 싶어서인지 몇 번이나 자신에게 물어보기도 했다. 하지만 이런 게 다 무슨 상관이랴 싶어 일단 믿고 기다려 보기로 결심했다.

여름이 끝나고 가을이 지나 어느덧 12월에 들어섰다. 일요일이면 변함없이 친정에서 시간을 보냈지만 이미 그날 일은 체념한 상태였다.

'역시 내가 어리석었어. 쉽게 사람을 믿어버리는 이 성격만큼은 평생 못 고칠지도 모르겠네.'

마키코는 이렇게 생각하고 깨끗이 잊어버리기로 했다.

그러던 어느 날 마키코는 우편함에 두툼한 편지 한 통이 들어

있는 것을 발견했다. 뒷면의 발신인란을 보니 주소가 이시카와 켄 가나자와시로 되어 있고 이름은 우에쿠사 세이코라고 쓰여 있었다. 도대체 누구일까? 문득 어디선가 본 듯한 글씨라는 생각이 들었다. 방으로 들어가 곧바로 편지를 뜯어보니 안에서 5~6장의 편지지가 밀려 나왔다.

'미즈키 마키코 님, 갑자기 이런 편지를 드려서 죄송합니다. 실은 지난달 돌아가신 아버지를 대신해 미즈키 님께 사과드리고 싶어서 이 편지를 씁니다. 제 아버지는 올해 5월 14일 가메이도텐진 신사 근처 길에서 미즈키 님께 교통비를 빌린 나카이 세이치로입니다.'

마키코는 놀란 나머지 "아!"하고 소리를 질렀다. 심장이 두근거렸다.

'빌렸다고 하기보다 미즈키 님께 거짓말을 하고 뺏은 거죠. 지갑을 잃어버렸다는 것도 거짓말이고 요코하마까지 가면 친척이 있다는 말도 전부 거짓입니다.'

여기까지 읽은 마키코는 한숨을 쉬었다.

'역시나 내가 속은 거였네. 사람들이 어이없어하는 게 당연한 거였어.'

온몸에서 힘이 빠지는 것 같았지만 마음을 다잡고 다시 편지를 읽기 시작했다.

'아버지는 몇 년 전까지 가사이구 초등학교 교직원으로 일했습니다. 어머니와는 40살을 넘어서 만났다고 하는데 연애결혼이었다고 합니다. 어디를 가나 아이처럼 서로의 손을 잡고 다녔고 주변 사람들이 잉꼬부부라 말할 정도로 사이가 좋았습니다. 몸이 약했던 어머니는 1년 내내 병원에 다녔기 때문에 결코 경제적으로 여유로운 편은 아니었습니다. 하지만 집안에는 항상 웃음이 끊이지 않았고 어릴 때부터 저는 부모님이 매우 자랑스러웠습니다.'

'2년 전 일이었습니다. 그날따라 어머니는 혼자 마트에 장 보러 갔습니다. 어찌 된 영문인지 모르겠지만 아버지가 좋아하는 곶감 두 개를 손에 든 채 계산을 안 하고 마트를 나서려다 직원한테 잡혔습니다. 사무실에서 심하게 추궁을 당했다고 합니다. 아무리 설명해도 이해해 주지 않아서 너무 지친 나머지 금방이라도 쓰러질 것 같은 상태로 집에 돌아왔다고 합니다. 그때 저는 결혼해서 가나자와에 살고 있었기 때문에 이 사건을 전화로 전해 들었습니다. 마트 측 대응에 화가 나긴 했지만 "엄마가 조심했어야지. 훔쳤다고 오해 살 만한 행동을 한 거잖아"라고 말했습니다.

그 뒤로 어머니는 병상에 눕게 되었고 하루가 다르게 기운을 잃어갔습니다. 아버지가 아무리 위로하고 극진히 간호해도 말수가 점점 줄어들었고 결국 올해 3월에 돌아가셨습니다.'

'시간이 지나면서 아버지의 슬픔은 점점 분노로 변했고 어머니를 도둑으로 몬 마트에 복수를 다짐하기에 이르렀습니다. 아버지가 생각한 복수란 놀랍게도 어머니가 들켰을 때와 똑같이 곶감 두 개를 훔치는 것이었습니다. 처음 그 계획을 실행에 옮긴 날 만약에 들키면 사연을 다 얘기할 생각이었다고 하는데 신기하게도 단번에 성공했습니다. 두 번째, 세 번째도 성공한 후에는 다른 마트에서 물건을 훔치기 시작했습니다. 결국 아버지는 사람을 속이는 일에 쾌감을 느끼게 되었고 다음은 행인에게 사기를 치고 싶어졌다고 합니다.'

'이제 눈치채셨겠지만 미즈키 님이 처음이자 마지막 피해자였습니다. 아버지는 면밀히 계획을 짰고 젊었을 때 가본 적이 있는 가메이도텐진 신사를 찾아갔습니다. 그리고 지갑을 잃어버려서 오시아게 역에서 미우라해안 역까지 가야 한다는 상황을 꾸몄습니다. 수상하게 보이지 않도록 옷차림과 필기도구에도 신경을 쓰

고 대사 연습까지 한 다음 이야기를 들어줄 것 같은 여성을 찾았다고 합니다.'

'미즈키 님께서 미소를 지으면서 자전거를 타는 모습을 멀리서 본 날, 아버지는 드디어 계획을 실행에 옮길 결심을 하고 말을 걸었다고 합니다. 예상했던 대로 미즈키 님께서 지갑 속에 있는 동전을 전부 꺼내서 빌려주셨습니다. 그런데 아버지가 예상하지 못한 일이 일어났습니다. 미즈키 님께서 아버지의 글씨를 각별히 칭찬해 주신 겁니다. 게다가 아버지가 서예가인 건 아닌지, 아버지처럼 글씨를 잘 쓰기 위해서는 어떻게 하면 좋을지 질문해 주셨다고 들었습니다. 글씨를 칭찬해 주신 일은 아버지한테 어머니와의 행복했던 나날을 칭찬해 주신 것과 마찬가지였습니다. 덧붙여 말씀드리자면, 아버지가 처음 작품을 출품한 서예 발표회에서 우연히 만난 어머니가 아버지 작품을 칭찬한 일을 계기로 부모님이 인연을 맺게 되었기 때문입니다.'

'미즈키 님을 만난 후로 아버지는 자신이 한 행동을 점점 후회하기 시작했습니다. 그와 동시에 어머니의 사건을 계기가 되어 복수할 일념으로 하게 된 행동을 자신도 모르게 즐겼던 것이 너무 부끄러웠다고 합니다. 당연히 그날 이후 아버지는 단 한 번도 남을 속이는 일을 하지 않았습니다. 그렇다고 해서 미즈키 님께 사과하고 돈을 갚을 용기도 나지 않았다고 합니다. 결국 병을 앓고 돌아가시기 3일 전에 처음으로 제게 털어놓았습니다.'

'이야기가 길어졌습니다. 미즈키 님, 어리석은 아버지의 행동을 부디 용서해 주십시오. 진심으로 사과드립니다. 아버지의 그릇된 행동을 조금도 의심하지 않고 따뜻하게 대해주신 미즈키 님의 마음이 인생의 마지막 골목에서 잠시나마 과오를 저지른 아버지를 일깨워주셨습니다. 덕분에 제가 사랑하는 아버지의 모습으로 돌아와 이 세상을 떠났습니다. 아버지의 머리맡에 있었던 편지를 동봉합니다. 미즈키 님의 행복을 진심으로 빕니다. 2010년 12월 10일 우에쿠사 세이코.'

편지를 다 읽은 마키코는 바로 봉투 속을 들여다보았다. 그 안에는 두꺼운 편지지의 그림자에 숨어 보이지 않았던 얇고 조그마한 봉투가 들어 있었다. 조심스럽게 꺼내 보니 단정한 글씨로 마키코의 이름이 적혀 있었다. 그리고 봉투 안에는 곱게 접힌 천 엔 지폐 한 장과 메모지가 들어있었다.

—미즈키 마키코 님, 진심으로 죄송한 마음을 금할 길이 없습니다. 부디 용서해 주십시오. 하늘에서 미즈키 님의 행복을 빌겠습니다. 나카이 세이치로.—

짧은 글이었다. 다소 흔들렸지만 바로 그날 보았던 글씨였다.

'용서해 주십시오'라고 적힌 부분이 그의 눈물로 번져 있었다.

마키코는 한 글자, 한 글자 손으로 어루만지면서 소리 내어 몇 번이고 편지를 되읽었다. 자신을 탓하며 마지막 힘을 다해 펜을 잡았던 그의 마음이 손끝으로 전해지는 것 같았다.

입술이 떨려 말문이 막혔다. 나도 모르게 흘린 한 방울의 눈물이 그가 눈물로 쓴 글씨 위로 떨어졌다.

제 4 화
구조 대원

연휴를 만끽하는 사람들로 넘치는 신주쿠 역. 그에 반해 10호선 플랫폼은 같은 역이라고는 믿기지 않을 만큼 조용하고 한적했다. 그곳은 마치 혼잡한 도시에서 완전히 분리된 다른 세계 같았다.

역무원이 낭랑한 목소리로 슈퍼 아즈사 8호가 예정대로 정각 14시 2분에 도착한다고 알렸다. 안내방송이 끝나자마자 검은색 정장 차림을 한 고타니 에리코가 놀란 듯 고개를 들었다. 그녀는 무려 한 시간 반 동안이나 한곳에 서 있었던 것이다.

"유타, 곧 아즈사가 도착해. 유타가 좋아했던 슈퍼 아즈사야. 조금만 기다려. 이제 곧 도착할 거야."

누군가에게 말하듯 속삭이는 에리코의 말을 들은 사람은 아무도 없었다.

문득 저 멀리서 누군가 크게 외치는 소리가 들려왔다.

"데쓰야, 거기 서. 뛰지 말고 거기 멈춰."

뒤돌아본 순간 무언가가 에리코 오른팔에 부딪혔다.

에리코는 짧은 비명과 함께 가방을 떨어뜨렸다. 가방을 줍기 위해 허리를 굽힌 순간, 빨간 배낭을 멘 남자 아이가 뛰어가는 모습이 시야에 들어왔다.

"유타……유타! 뛰지 마. 거기 서."

에리코는 그렇게 말하며 바로 뒤쫓아 갔다.

"유타. 기다려. 거기 서!"

몇 미터 앞에 한 쌍의 젊은 연인이 서로 껴안고 있었다. 그 아이는 커플을 피하려고 일부러 플랫폼 바깥쪽으로 뛰어갔다. 그 순간 갑자기 남자가 여자를 와락 끌어안는 바람에 그 뒤를 지나던 아이와 부딪혔다. 아이는 중심을 잃고 몇 발자국 뒷걸음질치더니 발을 헛디뎌 선로에 떨어졌다.

"어머, 어떡해. 유타, 유타!"

소리를 지른 에리코 눈앞에 플랫폼으로 천천히 들어오는 슈퍼 아즈사가 보였다. 에리코는 한 치의 망설임도 없이 하이힐을 신은 채 선로로 뛰어들어 발을 절뚝거리며 아이 곁으로 다가갔다. 선로 중앙에서 아이를 껴안은 다음 그대로 플랫폼 아래쪽으로 몸을 숨겼다.

열차가 굉음을 울리며 눈앞을 지나가는 것을 두 눈으로 확인하고 나서야 에리코는 아이를 껴안은 채 정신을 잃었다.

"큰일 났어요. 아이가 열차에 치였어요! 엄마도 함께요. 빨리 구급차 불러요!"

플랫폼은 혼란에 휩싸였다. 바로 그때 오쿠모토 신야가 아들

데쓰야 이름을 부르면서 그 자리에 도착했다.

"데쓰야, 어디 간 거야?"

정신이 나간 사람처럼 주위 사람들에게 물어보니 사고를 목격한 젊은 커플이 몸을 떨며 플랫폼 아래를 가리켰다.

신야는 재빨리 그 자리에 앉아 머리카락을 흐트러트리며 열차와 승강장 사이를 향해 애타게 외쳤다.

"데쓰야, 어디 있니? 괜찮아? 제발 대답 좀 해봐, 죽으면 안 돼. 아빠가 바로 구해줄 테니까 기다려봐."

그때였다. 밑에서 울먹이는 소리가 들렸다.

"아빠! 나 여기 있어. 살려줘, 아빠!"

병원 복도에서 오쿠모토 신야와 데쓰야는 2시간 가까이 기다리고 있었다. 데쓰야는 다행히 다친 데 없이 무사했지만, 많이 피곤했던 모양인지 신야 품에서 곤히 잠들었다.

'목숨을 걸고 아들을 구해준 분은 괜찮은 걸까. 제발 무사하시길. 그 분이 없었다면 데쓰야는 지금쯤 어떻게 되었을까…….'

신야는 생각만 해도 소름이 끼쳤다.

아내가 세상을 떠난 지 3년이라는 시간 동안 신야는 홀로 최선을 다해 데쓰야를 키웠다. 엄마가 없는 빈자리를 느끼지 못하도록 도시락도 직접 만들었다. 거절할 수 있는 출장은 전부 거절했다. 어쩔 도리가 없을 때는 규슈에 사는 어머니에게 부탁했다.

'데쓰야가 없는 인생은 도저히 상상할 수가 없어.'

신야는 무의식적으로 하늘에 기도하는 자신을 발견했다. 신사에 가더라도 기도를 해본 적이 없는 자신이 지금 생면부지의 여성을 위해 기도하고 있었다. 신야는 제 목숨을 바쳐 타인의 목숨을 구한 한 사람의 용기를 오늘 눈앞에서 똑똑히 봤다.

"오쿠모토 씨, 고타니 씨 의식이 돌아왔습니다. 바로 선생님께서 나오실 거예요."

간호사가 밝은 목소리로 알려주었다.

"그분 성함이 고타니인가요?"

"아, 모르셨어요? 하긴 그러실 만도 하네요. 저희도 조금 전에 경찰에게 들었어요. 고타니 에리코 씨라고 하신대요."

"고타니……고타니 에리코 씨."

신야는 몇 번씩 소리 내어 이름을 말해 보았다. 그때 병실에서 담당 의사가 활기차게 나왔다.

"고타니 씨 남편분이신가요? 아, 아니시죠? 실례했습니다. 고타니 씨가 목숨을 구한 아이의 보호자시죠? 정말 운이 좋으셨어

요. 마침 그 자리에 고타니 씨 같은 분이 계셔서. 현재 상태에 대해 말씀드리자면 오른발 복합골절과 전신 타박상을 입었습니다. 하지만 뭐, 생명에 지장은 없어서 3주 정도 입원하시면 될 것 같습니다. 의식이 없을 때 아드님 이름을 계속 부르셨어요. 유타, 유타라고."

"네? 유타라고요? 저희 아들 이름은 데쓰야인데요……."

"어, 그래요? 그럼 대체 누구일까요? 뭐, 아무튼 몸조리 잘하시고요."

그렇게 말하고 의사는 자리를 떴다.

신야는 데쓰야를 깨워 양어깨에 손을 올렸다.

"이제부터 아빠가 하는 말 잘 들어. 이제부터 네 목숨을 구해준 분을 만날 거야. 꼭 '고맙습니다' 하고 인사드려야 해. 그분이 없었더라면 넌 지금 아빠와 이렇게 있을 수 없어."

데쓰야는 졸린 눈을 비비며 대답했다.

"응, 알았어. 나 인사 잘할게. 그때 날 계속 안아줬어."

병실에 함께 들어가니 고타니 에리코는 벌써 침대에서 몸을 일으켜 앉아 있었다. 오른 다리 무릎에서 발까지 하얀 부츠를 신은 듯 깁스를 한 상태였고 이불 위에 올려진 다리가 많이 아파 보였다.

에리코는 데쓰야를 보자마자 반가운 듯 물었다.

"괜찮아? 다친 데 없어? 다행이다."

"고타니 씨, 저는 오쿠모토 신야라고 합니다. 이쪽은 아들 데쓰야입니다. 오늘 제 아들을 살려주셔서 감사합니다. 뭐라고 감사의 말을 해야 할지 모르겠습니다. 정말 부끄러울 따름인데 뭐라고 말씀드려야 할지……그저 감사하다는 말씀 밖에는……."

신야는 고개를 깊이 숙였다. 아버지가 머리를 숙인 것을 보고 데쓰야도 바로 따라 했다.

"오쿠모토 씨, 제발 고개를 들어주세요. 데쓰야도 이제 그만해. 전 정말 기분이 좋아요. 데쓰야가 무사해서요. 다친 데도 없어서 다행이에요. 하지만 다시는 플랫폼에서 뛰면 안 돼. 정말 위험하니까. 약속할 수 있지?"

"네, 아줌마 저 약속할게요. 앞으로 절대 뛰지 않을게요."

"야, 아줌마가 아니라 누나라고 불러야지."

신야가 겸연쩍은 표정으로 데쓰야 등을 쿡 찔렀다.

"괜찮아요. 아줌마라고 불러도 돼요. 아줌마 맞는데요, 뭘. 그나저나 데쓰야, 배낭은 어디 있니?"

"복도에 두고 왔어요. 바로 가져올게요."

그 순간 데쓰야 뒷모습을 바라보는 에리코의 슬픔 가득한 눈빛

을 신야는 놓치지 않았다.

"아줌마, 여기 있어요. 아니다, 누나 이거요."

데쓰야가 침대 위에 배낭을 올려놓자 에리코는 낚아채듯 가슴에 끌어안은 후 눈을 감고 속삭였다.

"고마워, 유타."

신야와 데쓰야가 의아한 표정으로 지켜보는 가운데 에리코는 천천히 눈을 뜨면서 말을 이었다.

"오쿠모토 씨, 감사의 말씀은 제가 아니라 이 배낭에 하세요."

"이 배낭에요?"

"네, 제 아들이 같은 배낭을 갖고 있었어요. 살아 있었으면 지금 데쓰야와 비슷한 나이일 거예요. 2년 전 오늘, 교통사고를 당해 하늘나라로 떠났어요. 유타와 남편, 저 이렇게 셋이서 같은 차에 탔는데 저 혼자 살아남았죠. 아이가 전철을 좋아했는데, 그중에서 특히 슈퍼 아즈사를 좋아했어요. 제 친정이 고후에 있어서 자주 아즈사를 탔거든요. 나이도 어린데 아즈사의 색깔 조합이 마음에 든다는 말을 했었죠. 하얀색과 연한 푸른색. 전철 도감에서 아즈사 페이지만 따로 뜯어낼 정도로 정말 좋아했어요."

"그럼 오늘이 아드님 기일이라서 10호선 플랫폼에 서 계셨던 거군요."

"아니에요, 죽을 생각이었어요. 아즈사를 향해 뛰어 내려서 유타 곁으로 갈 생각이었죠. 더 이상 혼자 살아갈 수 없어서요."

"어떻게 그런 생각을……."

신야는 자기도 모르게 목소리를 높였다.

"그런데 빨간 배낭을 본 순간 죽으려 했던 걸 잊어버렸어요. 선로에 떨어진 아이를 유타로 착각한 거죠. 그 뒤에 일어난 일은 하나도 기억나지 않아요. 그냥 아무 생각이 나지 않더라고요."

에리코의 말을 들은 신야는 "휴" 하고 숨을 크게 내쉬었다.

"다행입니다. 고타니 씨도 데쓰야도 죽지 않아서요. 정말 다행입니다. 그렇군요, 이 배낭이 아들의 생명을 구해준 거네요."

신야는 에리코 손에서 배낭을 받아 에리코가 그랬듯 힘껏 가슴에 끌어안고 "고맙습니다"라고 속삭인 다음 침대에 내려놓았다. 그리고 그 위에 양손을 올렸다.

옆에서 지켜보던 데쓰야도 아빠의 손 위에 자신의 손을 올린 다음 "고맙습니다"라고 말했다. 에리코도 데쓰야처럼 배낭에 양손을 올렸다.

배낭 위로 여섯 개의 손이 모였고 여섯 개의 눈동자가 서로를 바라보며 미소 지었다. 이윽고 세 사람의 웃음소리가 병실을 가득 메웠다.

제 5 화
하늘색 인연

5월 황금연휴를 앞둔 하네다공항은 마치 폭풍전야 같았다. 10시 15분에 도쿄를 출발해 예정대로 도착한 나가사키공항에서 택시를 타고 JR 사세보 역에 내리니 어느새 1시 반이 넘은 시간이었다. 어젯밤 잠을 설친 탓인지 이시모토 도시미는 아침부터 머릿속이 멍했다. 버스에서 내리면 언제나 그 자리에서 자신을 반겨주던 교코를 떠올리며 도시미는 주변을 둘러보았다.

오랜만에 온 사세보 역 주변 풍경은 많이 변해 있었고, 도시미는 시댁이었던 아이카와 게스케 집이 어느 방향인지 생각이 잘 나지 않았다. 바로 그때 멀리서 교코가 손을 흔들며 달려오는 모습이 눈에 들어왔다.

"형님, 저 왔어요."

이렇게 말하며 손을 든 순간 형님이 마중 나올 리가 없다는 생각이 머리를 스쳐 손을 내렸다. 자세히 보니 교코의 첫인상과 비슷한 사람을 보고 착각한 것뿐이었다.

'그날도 형님이 게스케 씨를 발견한 순간, 저렇게 멀리서 손을 흔들면서 다가왔지.'

20년 전, 결혼을 허락받기 위해 게스케와 함께 사세보에 왔던 기억이 도시미의 마음속에 피어올랐다.

"게스케, 이쪽이야."

멀리서 손을 흔들며 우리 쪽으로 달려온 교코는 거친 숨을 몰아쉬며 강렬한 사세보 사투리로 말했다.

"어찌된 일이야? 이렇게 불쑥 집에 다 오고. 무슨 일 있어?"

"누나, 마중 나온 거야? 갑자기 와서 놀랐지. 여기 이 사람이 도시미야. 잘 좀 챙겨줘."

도시미는 서둘러 머리를 숙이며 인사한 다음 이렇게 말했다.

"처음 뵙겠습니다. 도시미라고 합니다. 잘 부탁드리겠습니다."

도쿄에서 태어나 자란 도시미에게 사세보는 처음 생긴 '시골'이었다. 게스케와 결혼하기로 결심했을 때 도시미의 가족들은 이렇게 말하며 반가워했다.

"드디어 우리 집에도 시골이 생겼네."

하지만 그때만 해도 도시미는 생전 들어본 적도 없는 사세보 사투리 세계로 끌려들어가게 될 줄은 꿈에도 몰랐다. 게스케 가족이 쓰는 개성 넘치는 사투리에 도시미는 깊은 인상을 받았다.

시아버지인 가쓰미가 입버릇처럼 말하던 "남 일에 무슨 상관이람", "쓸데없는 신경 쓰기는", "뭣들 해"는 도시미가 가장 좋아하는 말들이었다.

시어머니인 히사코의 말투에서는 항상 아들에 대한 사랑이

넘쳤다.

"새 아가야, 잘 좀 부탁하마." "게스케 건강 잘 돌봐주렴." "잘 들 지내." "정말 못 말린다니까."

도착한 다음 날 아침부터 사세보 이곳저곳을 안내해 준 교코는 구수한 사투리로 도시미를 즐겁게 해주었다.

"재미가 쏠쏠하지?" "많이 고되지는 않고?" "거 참, 번거롭네." "기차게 맛있다!" "우스워 죽겠구먼."

교코는 그 당시 아직 독신이었고, 도시미 기억으로는 28살이었다.

"여기에선 서른 넘은 여자는 상대가 없어서 시집 못 가. 너희들이 결혼하면 도쿄에서 신랑감을 찾을 거야. 꼭 도쿄로 갈 거야. 두고 봐."

쿄코는 이렇게 몇 번이고 다짐하듯 말하곤 했다.

그랬던 교코가 단짝친구의 소개로 사세보도 도쿄도 아닌, 야마나시로 시집간 것은 도시미와 게스케가 결혼한 지 6년이나 지난 뒤였다. 상대는 대형 트럭 운전사로, 수입도 많고 칠형제 중 막내였는데 조용하고 다정한 남자였다.

하지만 교코가 결혼했을 즈음에 게스케가 바람을 피워 도시미와 사이가 멀어졌고 끝내 이혼하게 되었다.

게스케는 이혼 후 바람 상대였던 아사코라는 여자와 재혼해 호놀룰루로 전근을 갔다. 그로부터 몇 년 뒤, 뉴욕으로 발령이 났다. 도시미와 매년 형식적으로 크리스마스카드를 주고받는 정도였기에 교코가 야마나시로 시집을 가서 딸 둘을 낳은 것도, 그 후 남편과 사이가 나빠져 이혼하고 딸들을 데리고 사세보로 돌아온 것도 한참 뒤 알게 되었다.

도시미는 두 번 다시 사세보 사투리를 들을 일이 없을 거라 여겼다. 그런데 일주일 전 12년 동안 단 한 번도 만난 적 없는 게스케에게 전화가 왔다. 교코가 백혈병으로 쓰러졌는데 시간이 얼마 남지 않았다고 했다. 게스케도 놀라서 뉴욕에서 급히 귀국했는데, 교코가 도시미를 많이 보고 싶어 하니 병문안 와줄 수 없느냐는 내용이었다. 도시미는 한 치의 망설임도 없이 병문안 갈 준비를 했다. 하지만 그 다음 날 게스케가 전화를 해서 교코가 부은 얼굴을 보여주기 싫어하니 상태가 좀 좋아지면 와 달라고 했다. 그러나 며칠 뒤에 교코가 세상을 떠났다는 소식을 들은 도시미는 슬픈 마음으로 장례식이 끝나기를 기다렸다가 사세보에 가볼 결심을 한 것이었다.

게스케 집에 도착하니 어제까지 장례식을 치르느라 어수선했던 분위기가 고스란히 느껴졌다.

시아버지 가쓰미는 생전에 솜씨 좋기로 알려진 신사복 가게를 운영하고 있었다. 사세보 미군기지가 번창했을 때는 미국 병사들의 주문이 끊임없이 밀려들어왔다고 한다. 지금도 걸려 있는 '테일러 아이카와'라고 적힌 낡은 영어 간판이 좋았던 옛 시절을 말해 주는 듯 했다. 게스케와 도시미가 헤어진 후, 가쓰미도 세상을 떠났다.

도시미는 가게 앞에 서서 '상중'이라 적힌 종이를 바라보며 심호흡을 한 뒤 힘차게 문을 당겼다. 하지만 문은 꿈쩍도 하지 않았다.

'맞다, 이 문은 살짝 민 뒤에 당겨야 열리지.'

도시미는 갑자기 게스케가 말한 농담이 떠올랐다.

"도시미, 우리 집 문은 사랑의 줄다리기를 하듯 다루면 돼."

"무슨 말이야?"

"무작정 밀기만 하면 안 되고 가끔 당겨 줘야 한다고. 알겠지?"

그 말을 들은 순간 도시미는 웃음을 터트렸다. 하지만 그날 이후로 신기하게도 도저히 열리지 않을 것 같은 문도 도시미는 쉽게 열 수 있게 되었다. 20년 전에 출제된 퀴즈를 다시 푸는 마음으로 도시미는 게스케에게 배운 대로 한번 힘을 주고 민 다음 당겨보았다. 그러자 끼익 하는 울음소리와 함께 게스케 가문의 문이 옛 며느리를 받아들였다.

"실례합니다."

도시미가 속삭이는 듯 말했지만 아무도 나오지 않았다.

다시 한 번 큰소리로 "실례합니다"라고 말하자 저편에서 게스케의 목소리가 나는가 싶더니 복도를 뛰어오는 소리가 들렸다.

"도시미, 왔어? 고마워."

"오랜만이에요. 힘들었죠? 도와드리고 싶었지만 장례식에 참석하면 불편해 하실까 봐 못 왔어요."

"에이, 괜찮아. 어서 들어와."

게스케가 쑥스러운 듯 큰소리로 어머니인 히사코를 불렀다.

"어머니, 도시미가 왔어요. 도쿄에서 여기까지 왔어요."

히사코가 거실에서 급하게 뛰어나왔다.

"어머나, 도시미. 바쁜데 여기까지 오느라 힘들었지. 자, 어서 안으로 들어와."

두 사람의 안내를 받아 거실에 들어선 순간 불단 위에 기모노를 입은 교코 사진이 보였다. 도시미는 순간 눈시울이 뜨거워졌

지만 애써 참으며 히사코 앞에 앉았다.

"어머님, 오랜만에 인사드려요. 이번 일은 뭐라고 위로의 말씀을 드려야 할지……아무것도 도와드리지 못해 죄송합니다."

"괜찮아. 이렇게 도쿄에서 여기까지 온 것만으로도 고맙지. 교코와 인사 나누려무나. 도시미를 많이 보고 싶어 했어. 게스케, 뭐하니? 도시미한테 차 한잔 내주렴."

"아, 맞다. 잠깐만."

게스케가 자리에서 일어나자 도시미는 가방에서 향전을 꺼내 불단 위에 놓고 향을 집었다.

"형님, 저 왔어요. 오랜만이네요. 왜 제게 아무 말도 안 하고 떠나셨어요? 이렇게 가시면 어떡해요. 그간 치료받으시느라 애쓰셨어요. 보고 싶어요."

예전에 익힌 사세보 사투리가 갑자기 떠올랐다. 도시미의 발음이 이상하다고 깔깔거리며 가르쳐 주던 교코의 밝은 미소를 떠올리며 도시미는 잠시 마음속으로 교코와 대화를 나누었다.

자리에서 일어나 뒤돌아보니 히사코가 도시미를 가만히 지켜보고 있었다. 그 눈길을 본 순간 도시미는 쏟아지는 눈물을 더 이상 참지 못하고, 서둘러 가방에서 손수건을 꺼냈다. 그때 손수건을 본 히사코가 깜짝 놀라며 물었다.

"도시미, 그 하늘색 손수건 말이야, 혹시 교코와 똑같은 거야?"

"네, 형님이 처음 도쿄에 왔을 때 긴자 숍에서 산 건데, 기념으로 제 것도 사주셨어요."

"그렇구나. 실은 교코가 죽기 얼마 전에 말야. 갑자기 옷장 속에 하늘색 손수건이 있으니까 가져다 달라고 했어."

히사코는 자리에서 일어나 불단 위에서 하얀 봉투를 가져와 하늘색 손수건을 꺼내 도시미 무릎 곁에 놓았다.

"형님도 지금까지 갖고 계셨네요. 이 손수건을 볼 때마다 형님 얼굴이 떠올랐어요. 형님이 가장 좋아했던 색상이잖아요. 형님이 백혈병을 앓고 계신다는 이야기를 듣고 매일 밤 이걸 손에 꼭 쥐고 기도했어요."

"도시미가 병문안 온다고 했을 때 교코의 얼굴이 부어서 완전히 딴 사람 같았어. 머리카락도 많이 빠졌고. 12년 만에 도시미를 보는데 상태가 좀 더 좋아진 후에 만나고 싶다는 거야. 그냥 그때 부를 걸 그랬어. 이젠 돌이킬 수 없지만."

"형님은 정말 미인이셨어요. 처음 사세보 역에서 뵀을 때부터 제가 쭉 동경했었어요."

"너희들이 헤어졌을 때 교코가 매일처럼 전화를 해서 꼭 자기가 이혼한 듯이 슬퍼했어. 게스케가 바람을 피워서 다 망쳐놓았

다며 정말 바보 같은 놈이라고 말했었어."

그때 곁에 서서 두 사람의 대화를 듣고 있던 게스케가 입을 열었다.

"어머니, 이제 그만하세요. 다 지난 일이잖아요. 도시미도 오랜만에 왔잖아요."

"미안해. 주책없이 넋두리를 늘어놓았네. 그나저나, 도시미. 나미와 히로미 얼굴도 보고 가렴."

히사코는 곧바로 부엌 쪽을 바라보며 교코의 두 딸을 불렀다.

"나미, 히로미. 이리 와봐라. 고모에게 인사해야지."

나미와 히로미가 웃으며 거실로 들어왔다. 한눈에 봐도 교코의 딸임을 알 수 있을 만큼 둘 다 어머니를 쏙 빼닮았다. 도시미는 그게 한없이 기뻤다.

"안녕하세요, 고모." "안녕하세요."

"나미와 히로미 맞지? 안녕. 우와, 둘 다 이제 아가씨 같구나. 엄마 일로 많이 힘들었지? 고모가 힘이 되어주지 못해서 미안해."

"고모, 우리 고모에 대해 잘 알아요. 엄마가 항상 얘기해 줬어요. 엄마가 고모를 많이 좋아했어요."

"그래? 정말 기쁘구나. 고모도 엄마를 아주 많이 좋아했어."

교코의 두 딸이 웃는 얼굴을 본 순간 도시미는 다시 눈물이 났다.

도시미, 게스케, 히사코, 그리고 교코의 두 딸이 함께 모여 교코와의 추억을 떠올리며 이야기꽃을 피웠다. 시계를 보니 벌써 3시 반이었다. 여행사에 다니는 지인에게 부탁해 겨우 예약한 도쿄행 비행기를 타려면 서둘러 출발해야 했다. 게스케가 나가사키공항까지 데려다 준다며 나섰다. 히사코와 아이들이 집 앞까지 나와 작별 인사를 했다. 히사코 손을 마지막으로 꼭 잡아 본 다음, 나미와 히로미를 껴안고 다시 만나기로 약속을 한 뒤에야 도시미는 게스케의 차에 올라 사세보를 뒤로 했다.

차 안에서 두 사람 사이에는 잠시 정적이 흘렀다. 하이키의 급커브길에 다다랐을 때 도시미가 줄곧 궁금했던 질문을 던졌다.

"그나저나 아사코 씨는 잘 있어요? 장례식에는 못 왔다고 들었어요."

"너한테 말 못했는데, 뉴욕으로 발령 난 뒤에 바로 헤어졌어. 딱히 이유를 꼽을 순 없지만 언젠가 그렇게 될 것 같긴 했어."

"그랬군요, 전혀 몰랐네요. 그럼 어머님과 조카들은 어떻게 할 거예요? 설마 뉴욕으로 데려갈 생각인 거예요?"

“아니, 그건 아무래도 힘들지. 실은 꽤 오래전에 본사 복귀 신청을 해놓았거든. 잘 되면 다음 달에 귀국할 수 있을 것 같아. 도쿄로 불러서 넷이서 같이 살려고…….”

게스케가 사무적인 말투로 대답하자 또다시 두 사람 사이에 무거운 침묵이 흘렀다.

어느새 나가사키공항이 코앞이었다. 주차장에서부터 나란히 걸어온 두 사람 눈에 초여름을 알리는 강렬한 노을이 비쳤다.

탑승 수속을 끝내자마자 도쿄행 비행기의 탑승 시작을 알리는 방송이 들려왔다. 손목시계를 보며 시간을 확인하는 도시미를 향해 게스케가 어렵게 말을 꺼냈다.

“너에게 제대로 사과한 적이 한 번도 없었는데 누나 말대로 나 정말 바보였어. 너랑 헤어진 거 아무리 후회해 봤자 이제 돌이킬 수 없는 일인 거 잘 알지만, 진심으로 사과할게. 미안해.”

도시미는 게스케 얼굴을 들여다보며 말했다.

“옛날에 살았던 가구라자카 빌라 기억해요? 처음에 제가 자주 길을 헤맸잖아요. 그럴 때마다 당신이 말했었죠. 길을 잃었을 때는 아무리 급해도 원래 있었던 자리로 돌아가라고, 그렇게 하면 반드시 길을 찾을 수 있다고. 있잖아요, 부부도 그럴까요? 10년이 넘게 헤맸어도 원래 있었던 그 자리로 다시 돌아가면 길을 찾을 수 있을까요?"

게스케는 살짝 시선을 피한 채 도시미가 한 말을 곱씹어 보다 급히 고개를 들었다.

"도시미, 우리 다시 시작할 수 있을까?"

하지만 도시미는 이미 탑승 게이트를 향해 발걸음을 옮기는 중이었다. 그러다 갑자기 가방에서 하늘색 손수건을 꺼내 뒤돌아본 후 밝은 얼굴로 말했다.

"새로운 길은 다섯이서 걸어가요. 우리 다시 가족이 되어 봐요."

'가족으로…….'

게스케는 뜨거워지는 가슴을 억누르며 큰소리로 외쳤다.

"조심해서 들어가. 손수건 잃어버리지 마."

제 6 화
여성
전용칸

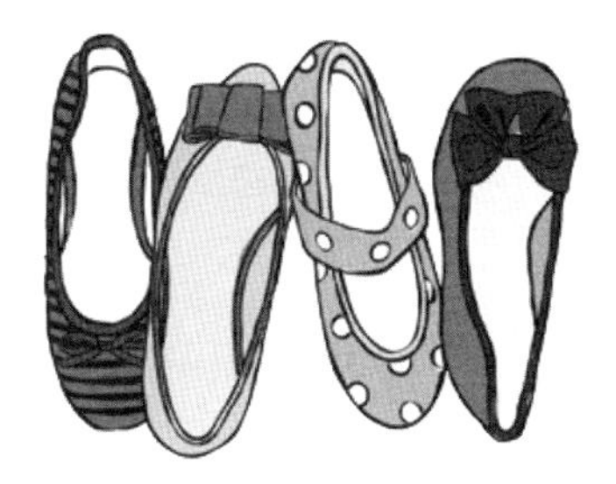

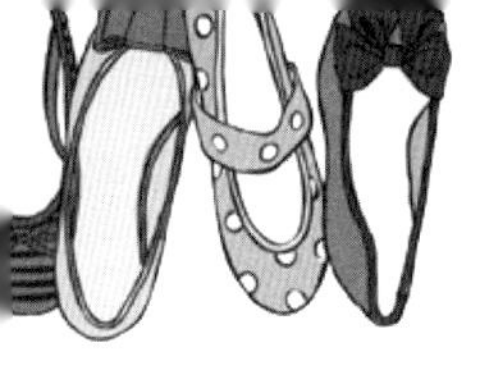

8시 10분 출발 주오린칸 행 열차가 활기차게 진보초 역으로 들어왔다. 숨을 죽이며 플랫폼 끝에 있는 계단을 바라보고 있던 가와세 데쓰야는 마음을 가다듬고 다시 한 번 옷차림을 확인했다. 곧 미키 료코가 계단을 내려올 것이다. 이곳에 있는 사실을 절대로 그녀에게 들키면 안 된다. 만약 들키게 되면 모든 노력이 수포로 돌아간다. 내가 어쩌다 이런 한심한 계획에 동참하게 되었을까? 데쓰야는 문득 지난 주말 짓궂은 친구 녀석들과 술을 마신 일이 원망스러웠다.

중학교 시절부터 '브라더4'라고 불릴 만큼 절친한 네 명의 친구들이 갖은 핑계로 한 달에 한 번 꼴로 만나 술을 마시는 자리였다. 생일이 빠른 데쓰야를 제외한 나머지 셋은 30살로 벌써 장가를 갔는데 데쓰야만 아직도 싱글이었다. 그러다 보니 최근 1~2년간 술자리만 가졌다 하면 처음부터 끝까지 데쓰야 결혼 이야기를 안줏거리 삼는 게 보통이었다.

특히 이번 술자리는 곧 다가올 데쓰야 생일을 구실로 만난 만큼, 데쓰야의 결혼 애기로 시작해 결혼 애기로 끝났다. 다이스케와 유타는 물론 나오키도 결혼 전부터 지금까지 여자친구에게 부탁해 데쓰야에게 어울릴 법한 여성을 소개했지만 결혼으로 이어진 경우가 없었다. 언제나 이번에는 꼭 잘될 거라 모두 기대를 하곤 했는데, 인연이 오래가지 못하고 헤어지기 일쑤였다.

그런데, 반년 전 다이스케 부인이 친정 지인 댁의 딸이라며 소개한 미키 료코는 조금 달랐다. 전혀 헤어질 기미가 안 보이는 것이다.

"야, 데쓰야, 료코 씨와 잘 만나고 있는 거야? 이제 슬슬 장가갈 때가 되지 않았나? 우리 와이프도 걱정하고 있어."

다이스케가 한마디 하자 친구들이 데쓰야를 다그치기 시작했다.

"맞아, 나도 걱정하고 있어. 당연히 '사랑의 의식'은 치렀겠지?"

유타가 능글맞게 웃으며 물었다.

데쓰야가 고개를 저으며 "아직이야"라고 말한 순간, 세 사람이 동시에 화음을 맞추듯 "왜?"를 외쳤다.

"특별한 이유는 없는데, 사실은 아직 사랑한다고 말하지도 못했어."

"뭐?" "뭐?" "뭐?" 이번에는 돌림노래를 부르듯 말했다.

"나도 료코를 좋아하고, 료코도 나를 좋아하는 것 같은데, 뭐랄까……우리 할머니한테 소개하기 전에 료코야말로 내가 선택한 최고의 신붓감이라는 확신을 갖고 싶어."

데쓰야가 진지하게 말했다.

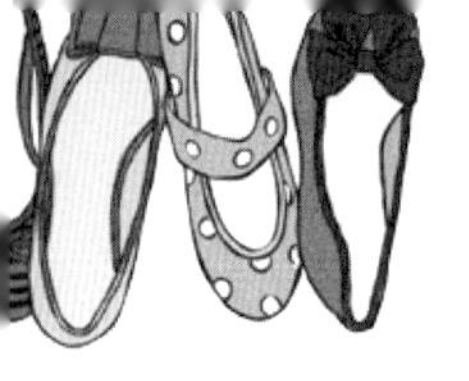

“그렇군. 할머니가 료코 씨를 마음에 들어 하실지 아직 자신이 없다는 거네?”

“돌아가신 네 어머니 같은 사람이라는 느낌이 필요한 거구나.”

유타와 나오키가 이제야 납득이 된다는 듯 중얼거렸다.

데쓰야의 어머니는 중학교 2학년 때 세상을 떠났다. 상냥하고 아름다운 분이었다. 데쓰야가 다닌 학교는 사립 남자 중학교였기에 학교에서 교사를 제외하고 이성을 볼 기회라고는 오로지 학교 축제 때뿐이었다. 중학생 눈에는 학부형 모임에 참석하는 어머니들이 이성이 아니라 ‘아줌마’로 비칠 뿐이라 아무도 관심을 두지 않았다. 그렇지만 데쓰야 어머니는 특별했다. 학부형 모임이 열리는 날이면 반 친구들이 집에도 가지 않고 창문에서 교문 쪽을 주시하며 데쓰야 어머니가 도착하기만을 기다렸다. 정문에 데쓰야 어머니의 모습이 보이면 어느새 교실 창문마다 아이들이 모여 있곤 했다. 데쓰야는 반 친구들이 어머니를 좋아하는 게 쑥스러웠지만 내심 기뻤다. 데쓰야 자신도 마음 한구석에서 어머니를 아름답다고 생각했고, 항상 자랑스러웠다.

어머니가 세상을 떠난 후 아버지는 재혼도 하지 않고 할아버지에게 물려받은 무역회사 경영에만 몰두했다. 할머니 하루코는 아무에게나 말을 툭툭 내뱉는 고루한 사람인데, 데쓰야 어머니를 대하는 태도는 전혀 달랐다.

"저렇게 착한 며느리는 이 세상 어디에도 없을 거야. 너도 네 어머니처럼 다정하고 품위 있는 신붓감을 데려와야 결혼을 허락해 줄 거야."

할머니는 귀에 못이 박이도록 말했다. 그 때문인지 데쓰야는 여자친구를 사귀다가도 막상 결혼 문제를 생각하면 할머니 얼굴이 떠올라 더 이상 진도를 나가지 못했다.

오늘 데쓰야는 처음으로 친구들에게 고민을 털어놓았다.

"흠, 그러니까 너는 오늘까지 아직 료코 씨 손도 한 번 안 잡아봤단 말이지?"

나오키가 한숨을 쉬며 말했다.

"응, 아직 진심으로 사랑한다고 말할 준비가 안 되어 있어."

"그게 뭐야. 그냥 사랑한다고 해. 못하겠으면 아이 러브 유라고 하든지, 넌 한국어도 잘하고 중국어도 꽤 하잖아."

"아니야, 이 말은 일본어로 진지하게 하고 싶어. 그래서, 이 말을 할 수 있는 확신이 필요해."

다이스케와 유타, 나오키 모두 반쯤 포기한 듯 했고, 대화 주제는 갑자기 '여성의 품위'라는 엉뚱한 방향으로 흘러갔다.

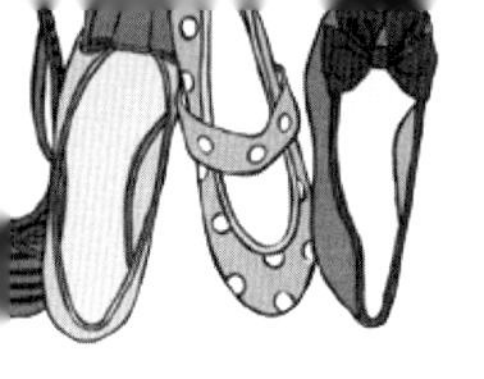

“할머니가 그러시는데, 어머니는 아는 사람이 주변에 있든 없든 상관없이 항상 바르게 행동하는 사람이었다고 해.”

데쓰야가 불쑥 말했다.

“그렇군, 그것도 일리가 있네. 최근 여자애들 봐. 전철 안에서 골프공이 들어갈 정도로 입을 크게 벌리고 자지 않나, 아무렇지도 않게 빵 같은 걸 먹고 있지 않나, 머리를 빗거나 화장하는 애까지 있어.”

다이스케가 이렇게 말하자 유타가 거들었다.

“맞아, 심할 땐 민낯으로 전철에 타서 파운데이션 바르는 것부터 시작한대. 품위는 무슨, 수치심도 없어.”

유타에 이어 나오키가 끼어들었다.

“맞다, 갑자기 생각났는데, 너희들 혹시 여성 전용칸에 탄 적 있냐? 나 말이야, 지난번에 급하게 뛰어서 전철에 탔거든. 그런데 맞은편에 앉은 젊은 여자가 립스틱을 바르고 있지 뭐야. 그 사람 바로 옆에 앉은 여자는 말야, 마스카라라고 하나? 속눈썹 길어 보이는 거. 그걸 열심히 바르고 있는 거야. 전철이 급정차하면 한 사람은 팬더, 또 한 사람은 피에로가 되겠지? 그런 생각을 하고 있는데 역무원이 와서 주의를 주더라고. 그때서야 내가 여성 전용칸에 탄 걸 알았다니까.”

나오키가 직접 겪은 일에 대해 말하자 유타가 농담을 했다.

"네가 탄 게 여성 전용'칸'이 아니라 여성 전용'화장실' 아냐?"

"푸하하하하하, 뭐라고? 그럴듯한 걸?"

다 같이 배를 움켜쥐며 실컷 웃었다.

바로 그때, 다이스케가 문득 생각이 난 듯 데쓰야에게 말했다.

"료코 씨는 여성 전용칸 안 타?"

"응, 타는 거 같아. 매일 아침 도에이 신주쿠선 진보초 역에서 한조몬선으로 갈아타는데, 계단을 내리자마자 바로 여성 전용칸이 있어서 편하다는 얘기를 한 적이 있어."

다이스케가 자랑이라도 하듯 말했다.

"그렇구나, 나 방금 기가 막힌 생각이 떠올랐어. 나 천재인 거 같아. 오늘은 데쓰야 생일을 축하하기 위해 모인 거 맞지?"

"뭐야, 혼자 히죽거리지 말고 빨리 말해."

다 같이 다이스케를 보챘다.

"료코 씨가 품위가 있는지 확인하는 방법이 있어."

잠시 후 친구들의 웃음소리가 멀리서 들려왔고, 정신을 차려보니 완전히 친구들의 계획에 넘어가 있었다. 마지막으로 누군가가 '오늘의 결정 사항'이니 뭐니 하며 이야기하기 시작했을 때, 데쓰야는 이미 만취 상태였다.

1. 다음 주 화요일 료코 씨 생일에 반차를 낼 것.
2. 여장을 한 후 료코와 같은 여성 전용칸에 타서 료코 씨가 차량 안에서 어떻게 행동하는지 관찰할 것.
3. 그 결과를 가지고 할머니에게 소개할 것인지 결정할 것.
4. 합격인 경우 료코 씨에게 곧바로 프러포즈를 하고 할머니에게 보고할 것. 이상.

유타가 부인에게 가발과 코트를 빌려 주말에 갖다 주기로 했다.

"우리 와이프는 키가 170센티미터나 되니까 그 사람 옷이면 어떻게 될 거야. 이왕 할 거 립스틱과 아이섀도도 갖다 줄게."

이렇게 말한 것 같은데 기억이 잘 나지 않는다.

다음 날 아침 일어나서 호주머니를 뒤져보니 술집 테이블 위에 있던 냅킨이 꼬깃꼬깃 접힌 채로 들어있었다. 거기에는 누구의 글씨인지 삐뚤빼뚤하게 '오늘의 결정 사항'이라고 적혀 있었다.

'나도 남자야, 여기서 물러날 수 없어.'

신기하게도 마음속에서 조금씩 용기가 샘솟기 시작했다.

낯익은 옷차림을 한 여성이 종종걸음으로 계단을 내려오는 게 보였다.

'료코다. 평소처럼 두 번째 칸에 타겠지.'

료코 뒷모습을 곁눈질로 바라보며 데쓰야도 서둘러 옆문으로 전철에 올라탔다. 료코는 비어있는 자리를 발견하자 곧바로 앉은 다음 손에 들고 있던 책을 펼쳤다. 데쓰야는 약간 떨어진 곳에 있는 빈자리에 앉은 후 료코를 힐끔힐끔 쳐다보며 들고 있던 신문을 읽는 척했다.

'맞아, 영어회화 공부를 한다고 했었지. 지금 일하는 종합건강검진 전문병원에 요즘 외국인 환자가 늘었는데 본인 영어 실력으론 부족하다고 했어. 기특하네.'

데쓰야는 약간 안심이 되어 맞은편 좌석으로 눈길을 돌렸다. 소문대로 '팬더 양'과 '피에로 양'이 정신없이 화장을 하고 있었다.

열차는 진보초 역을 출발한 뒤 눈 깜박할 사이에 구단시타 역에 도착했다. 승객 몇 명이 탔지만 차량 안은 아직도 텅텅 비어있었다. 열차가 출발하기 직전에 깔끔한 옷차림의 백발 할머니가 헐레벌떡 출입문 앞에 섰다.

'우리 할머니를 많이 닮았네.'

데쓰야가 이렇게 생각했을 때였다. 출입문 바로 옆에 서 있던 여학생이 갑자기 큰 가방을 발밑에 내려놓았다. 할머니가 열차에 오른 순간 발이 가방에 걸려 비명을 지르며 앞으로 쾅 넘어졌다.

할머니는 "으윽" 하고 신음소리를 내더니 그 자리에서 일어나지 못했다.

여학생은 본인의 가방 때문이라는 사실을 깨닫고 "어머, 죄송합니다"라고 사과했다. 그러나 어찌할 바를 모르고 오들오들 떨기 시작했다. 주변 사람들도 할머니를 주시했다. 하지만 아무도 꿈쩍도 않았다. 그러는 사이 문이 닫히고 열차가 천천히 움직이기 시작했다.

데쓰야가 나서려고 한순간이었다. 료코가 자리에서 일어나 "할머니, 괜찮으세요? 할머니, 제 말 들리시나요?"라고 여러 번 말하며 할머니 귓전에 얼굴을 갖다 댔다. 그런 다음 바로 옆에 서 있던 한 여성에게 "죄송한데요, 이분 의식이 없어요. 바로 역무원에게 연락해서 구급차를 불러주세요. 자동제세동기도 부탁드립니다"라고 말했다.

그 뒤 료코의 활약은 눈부셨다. 먼저 할머니를 반듯이 눕히고 턱을 든 다음, 엄지와 검지로 코를 잡고 인공호흡을 했다. 그리고 상의 단추를 풀고 흉골 위에 검지와 중지를 놓은 다음 왼 손바닥을 이용해 심장 위치를 확인했다. 그러고 나서 왼손 위에 오른손을 놓더니 몸을 앞으로 숙인 다음 심장 마사지를 시작했다.

등을 곧게 펴고 "하나, 둘, 셋" 하고 숫자를 셀 때마다 료코의 상체가 마른 할머니 가슴 위에서 요동쳤다. 30번 정도 심장 마사지를 한 다음 다시 인공호흡을 했고, 이 동작을 되풀이했다.

료코 이마에 송글송글 땀이 맺히기 시작했다. 분명 힘이 많이 들 텐데 동작에 조금도 흐트러짐이 없었다.

'료코, 힘내. 할머니 제발 무사하시길. 빨리 다음 역에 도착해야 할 텐데.'

데쓰야는 료코의 모습을 지켜보며 마음속으로 외쳤다. 정신을 차려보니 역무원이 옆에서 료코와 할머니를 지켜보고 있었다.

"료코, 다 왔어. 정말 잘했어! 할머니 힘내세요. 금방 구급차가 도착할 거예요."

데쓰야가 작은 소리로 속삭였다. 그때 출입문이 열리고 구급대원이 나타났다. 할머니의 상태를 확인하더니 료코와 몇 마디 나눈 뒤 할머니를 재빨리 들것에 옮겨 열차에서 내렸다. 료코도 걱정스러운 표정으로 간이침대 옆으로 다가가 함께 내렸다. 데쓰야도 급하게 그 뒤를 쫓았다.

그때였다. 할머니가 몸을 움직여 "음"하고 소리를 냈다. 구급대원이 그 자리에 멈춰 료코에서 눈짓을 하며 "이제 괜찮아요"라고 속삭였다.

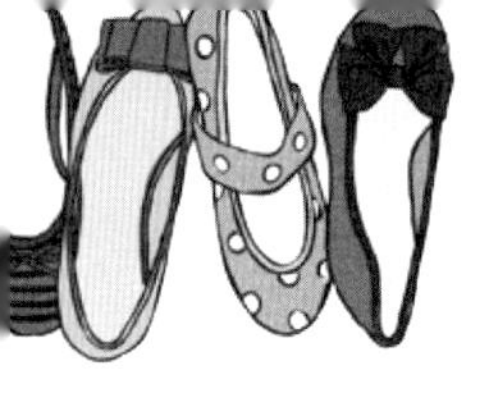

“다행이다. 할머니, 제 말 들리세요?”

료코가 이렇게 말하며 손을 잡자 할머니가 살며시 눈을 떴다.

“당신이었어요? 누가 열심히 인공호흡을 해주는 것 같았어요. 고마워요. 정말 고마워요.”

할머니 눈에서 한줄기 눈물이 흘렀다. 료코는 그 자리에 서서 할머니를 배웅했다. 잠시 후 역무원이 료코 어깨를 두드리며 감사의 말을 전한 다음 그녀의 가방과 책을 건네주고 열차 출발을 알렸다. 그러나 료코는 고개를 가로젓고는 그 자리에 선 채 열차를 배웅했다.

열차가 떠난 순간, 데쓰야는 료코 곁으로 다가가 안아주고 싶은 충동을 애써 참았다. 그리고 기둥 뒤에 몸을 숨기고 료코에게 전화를 걸었다. 멀리서 익숙한 벨 소리가 울렸다.

“여보세요, 데쓰야 씨? 웬일이에요? 이렇게 이른 시간에.”

“그냥. 오늘은 왠지 아침부터 료코가 보고 싶어서.”

“저도 그래요. 저도 지금 데쓰야 씨가 너무 보고 싶어요.”

잠깐의 침묵이 흐른 뒤 데쓰야는 용기를 내어 말했다.

“료코, 사랑해. 세상에서 제일 사랑해.”

“고마워요. 저도 데쓰야 씨를 세상에서 제일 사랑해요. 아, 열차 온다."

"그래, 알았어. 그럼 끊을게. 이따 저녁때 보자."

데쓰야는 료코가 열차에 오르는 것을 확인하고 플랫폼으로 나와 료코가 탄 전철을 배웅했다. 열차가 출발하자 굉음 속에서 크게 외쳤다.

"료코, 사랑해. 할머니, 드디어 찾았어요. 여성 전용칸, 고마워!"

제 7 화
검은 꽃잎

2주 전 일이었다. 아키야마 도모코는 횡단보도에서 신호가 바뀌기를 기다리고 있었다. 금요일 저녁이면 자동차도 사람도 주말을 미처 기다리지 못하고 귀갓길을 재촉하는 것만 같았다.

바로 뒤에 몇 년 전에 생긴 '슬롯 퀸'이라는 오락실이 있었다. 항상 입구가 닫혀있기에 오락실 안이 어떤 구조인지, 어떤 기계들이 있는지 알 수 없었지만 도모코는 재미 삼아 한 번쯤 들어가 보고 싶다는 생각을 자주 하곤 했다.

그날도 도모코는 평소처럼 신호를 기다리던 중에 뒤를 돌아 오락실 너머 세상을 상상하기 시작했다. 그때였다. 도모코 눈앞에 한 젊은 청년이 나타나 여유 넘치는 걸음걸이로 가게 안으로 들어갔다. 출입문이 작은 소리를 내며 열리자 안에서 담배 연기와 소음이 한꺼번에 터져 나왔다. 친구를 찾는지 아니면 마음에 드는 기계를 고르는지 남자는 입구에 선 채 한동안 발걸음을 옮기지 않았다. 가게 안에서 큰 소리로 울려 퍼지던 음악이 끝나고 다음 곡으로 넘어갈 참이었다. 다음 곡이 조용히 흘러나온 순간, 도모코는 그 자리에서 얼어붙었다.

미즈하라 히로시의 '검은 꽃잎'이었다. 잊으려야 잊을 수 없는 노래였다. 도모코를 둘러싼 세상이 멈췄다. 그리고 추억의 앨범을 한 페이지씩 넘기듯 어깨가 살짝 움직였다.

'아, 아직도 이러네. 벌써 수십 년 전에 잊혀진 사람인데. 내 어깨는 그 사람을 기억하고 있나 봐.'

도모코는 이렇게 생각하며 오랜만에 '검은 꽃잎'을 흥얼거렸다.

초등학교 6학년 때였다. 도모코는 태어나서 처음으로 옆 반 친구를 짝사랑하게 되었다. 이즈카 기요시라는 아이였다. 딱히 문제아도 아니었고, 눈에 띄는 우등생도 아니었지만 남자아이들은 물론이고 여자아이들에게도 인기가 있었다.

그 당시 대히트를 친 '검은 꽃잎'을 기요시가 어른스럽게 흥얼거리는 모습을 복도에서 몇 번 본 적이 있었다.

허공을 바라보며 무심한 표정으로 입술을 떨며 노래하던 가수 미즈하라 히로시는 그 시절 수많은 여성 팬들의 마음을 사로잡았다. 그의 흉내를 낸 건지 원래 그런 건지 알 수 없었지만 기요시가 약간 허스키한 목소리로 노래를 부를 때면 소름이 끼칠 만큼 멋있었다.

당시 도모코는 색다른 놀이에 빠져 있었다. 호두 두 알을 쥐고 손바닥 안에서 오무락 조무락 광이 날 때까지 굴리는 놀이였다. 그때도 호두로 손바닥 신경을 자극하면 치매 예방에 효과가 있다

고 알려져 있었는데, 어느 날 할머니가 호두 두 알을 도모코에게 쥐어 준 게 계기가 되었다. 호두 두 알을 손바닥 안에서 굴리다 보면 마치 조그마한 악기를 손으로 연주하는 기분이었다. 연주하면 할수록 윤이 나는 게 또 하나의 매력이었다.

그러던 어느 날이었다. 쉬는 시간에 도모코가 늘 하던 것처럼 운동장 한구석에서 호두 두 알을 굴리고 있었는데 멀리서 기요시가 도모코를 향해 다가왔다. 그리고 도모코 손 안을 들여다보며 말을 걸었다.

"손에 쥐고 있는 건 뭐야?"

도모코는 들뜬 마음을 억누르며 겨우 대답했다.

"어, 호두야. 이런 식으로 손바닥 안에서 굴리면 점점 윤이 나."

"그렇구나, 재미있어 보이네."

그렇게 중얼거린 기요시는 잠시 호두를 굴리는 소리를 가만히 듣다가 자리를 떴다.

그날 도모코는 집에 가자마자 저금통을 깨서 동네에서 제일 큰 건어물 가게로 달려가 호두를 샀다. 다음 날 어떻게 기요시에게 호두를 전해줄지 머릿속으로 이리 저리 궁리해 보았다.

드디어 다음 날. 쉬는 시간마다 기요시가 혼자가 되기만을 기다렸다. 드디어 점심시간에 절호의 기회가 찾아와 기요시에게 호두 두 알을 건넸다.

“이거 나 주는 거야?”

“응. 집에 남아 있던 거야. 어제 재미있어 보인다길래.”

“고마워.”

거짓말을 해서 그런지 기요시가 호두를 받아준 게 기뻐서 그런지 도모코는 터질 듯이 두근거리는 심장을 느끼며 기요시의 뒷모습을 바라보았다.

기요시와 단둘이서 대화를 나눈 것은 그게 처음이자 마지막이었다. 그 아이가 어디 사는지, 가족은 몇 명인지, 궁금한 점은 많았지만 아무것도 물어보지 못한 채 시간이 흘렀다. 친구들 말에 의하면 기요시가 겉모습과는 달리 아버지를 잘 따른다고 했다. 그리고 예쁜 여동생이 한 명 있는 모양이었다. 하지만 이게 도모코가 아는 전부였다.

어느 날 도모코는 근처에 살면서도 오랫동안 만나지 못한 외삼촌 집에 어머니와 함께 놀러 갔다. 가는 도중에 동네에서 놀고 있는 기요시를 발견했다. 기요시 친구들이 도모코를 알아보았다.

“아, 기요시가 좋아하는 애다!”

"오, 재였어?"

기요시 친구들이 이렇게 말하며 놀렸다.

'기요시가 나를 좋아한다니……내가 잘못 들은 건가.'

도모코는 귀를 의심하면서도 하늘로 날아갈 것만 같은 기분을 어머니에게 들킬세라 발걸음을 서둘렀다. 그날 이후 기요시를 향한 도모코의 마음은 더욱 커졌다.

하지만 도모코의 행복은 오래가지 않았다.

가을이 깊어진 어느 날, 당번이었던 도모코가 청소를 마치고 집으로 가는 도중 가메이도 주산겐도리와 덴진도리 교차로에 사람들이 구름처럼 모여 있는 것을 발견했다. 서둘러 다가가 어른들 사이에 끼어들어 맨 앞쪽으로 가보니 거리 한복판에 한 남자가 쓰러져 있었다. 조금 떨어진 곳에는 남자 것으로 보이는 오토바이가 마치 버려진 듯 처참한 모습으로 나동그라져 있었다.

도모코가 태어나서 처음으로 보는 교통사고 현장이었다. 피를 흘리고 있진 않았지만 어른들의 반응만으로도 상당히 심각한 상황임을 금방 알 수 있었다.

"저 사람 죽었을까? 살아 있을까?"

"구급차 언제 도착하지? 빨리 와야 하는데."

어른들의 대화가 들려왔다.

도모코도 같은 생각을 하며 숨을 죽이고 남자의 모습을 지켜보았다.

바로 그때였다. 남자가 어깨를 약간 움직였다.

"봐, 살아있어! 어깨를 움직였어!"

누군가 외쳤다.

'아저씨, 힘내요, 곧 구급차가 올 거예요.'

도모코도 어느새 마음속으로 외쳤다.

흠칫.

남자가 어깨를 다시 움직였다. 미세한 움직임이었지만 계속 움직이는 게 똑똑히 보였다. 도모코에게는 남자가 누군가를 찾으려 필사적으로 일어나려고 하는 것처럼 느껴졌다.

흠칫.

이윽고 구급차가 도착했고 남자는 곧장 들것에 실려 사람들 앞에서 사라졌다.

도모코는 어깨를 움직이던 모습을 떠올리며 그날 밤 내내 남자의 생사를 걱정했다.

'죽었을 리 없어. 반드시 살아있을 거야. 그렇게 어깨를 움직

였는데.'

도모코는 혼잣말을 하다 자신도 모르게 이불 속에서 남자처럼 어깨를 움직이고 있는 것을 깨달았다.

다음 날 학교에 가보니 옆 반 복도에 아이들이 모여 웅성거리고 있었다. 모두가 소곤소곤 중요한 대화를 나누고 있는 것처럼 보였다. 도모코는 불길한 생각이 들어 용기를 내 친구들에게 물어봤다.

"무슨 일 있어? 무슨 얘기 하는데?"

잠시 후 도모코는 큰 충격을 받아 끝까지 이야기를 듣지 못하고 서둘러 그 자리를 떠났다. 머릿속이 멍해져서 조금 전까지 무엇을 하고 있었는지, 어디로 가려고 했었는지 전혀 생각이 나지 않았다.

"있잖아, 우리 반 기요시 아버지가 어제 오토바이를 타고 가다가 트럭과 부딪혔대. 병원에 실려 갔는데 결국 죽었대."

도모코는 분명 그렇게 이야기하는 걸 들었다.

'만약에 그 얘기가 사실이라면 내가 어제 태어나서 처음으로 목격한 교통사고가 하필이면 기요시 아버지가 당한 사고였다는 말이잖아. 마지막 힘을 다해 아저씨가 찾던 것은 바로 기요시였어.

어떡해…….'

그날 도모코는 선생님 말씀이 하나도 귀에 들어오지 않았다. 집에 돌아가서도 아무것도 할 기분이 나지 않았고 울고 싶은 마음을 꾹 참은 채 밤을 맞이했다. 이불 속에 몸을 눕히자 아침부터 참았던 눈물이 왈칵 쏟아져 나와 밤새 엉엉 울었다. 기요시 아버지가 어깨를 흠칫거리며 필사적으로 아들을 찾는 모습이 선명히 떠올랐다.

그 뒤로 도모코는 기요시를 두 번 다시 보지 못했다. 장례식이 끝나자마자 바로 전학을 갔기 때문이다. 소문에 의하면 기요시 어머니 친정집으로 이사를 갔다고 한다. 마지막으로 친구들을 보러 학교로 왔다고 하는데 도모코가 그 사실을 안 것은 그 끔찍한 사고로부터 2주가 지난 뒤였다.

12살이란 어린 나이에 사랑하는 아버지를 잃은 기요시의 슬픔에 비하면 자신의 슬픔은 보잘것없는 것이라고 도모코는 속으로 되뇌었다. 하지만 마치 검은 꽃잎이 조용히 진 것만 같아 안타까움에 눈물을 흘리며 기요시가 부르던 노래를 흥얼거리곤 했다.

그로부터 반세기란 시간이 흘렀다. 기요시의 추억도 이미 먼

옛날의 꿈이 되어버렸지만 신기하게도 '검은 꽃잎'을 들을 때마다 지금도 도모코의 어깨가 움직였다. 어릴 적 목격한 기요시 아버지의 마지막 모습을 어떻게든 기요시한테 전해 주고 싶었다. 도모코는 어깨가 움직일 때마다 미처 전하지 못한 이야기 때문인 것만 같다는 생각이 들었다.

"아버지는 그날 끝까지 너를 찾았어."

이 말을 기요시에게 할 수 있었더라면 얼마나 좋았을까. 도모코는 이런 생각을 하며 영원히 전하지 못할 오랜 추억의 앨범을 덮으며 중얼거렸다.

"기요시, 어떻게 지낼까? 잘 살고 있으면 좋겠다."

제 8 화
올해 크리스마스

해질 무렵 가메이도텐진 신사 안에 있는 다이코바시 위에서 야시로 준이치는 멍하니 먼 곳을 바라보고 있었다. 어디서부턴가 가을바람을 타고 가끔씩 샤미센 소리가 들려왔다. 예전에는 이 신사 주변에 요정이나 게이샤 주점이 즐비했다고 한다. 설마 어머니 유키코가 게이샤 출신일 줄이야. 얼마 전까지만 해도 상상도 못 할 일이었다.

준이치는 어머니가 돌아가시기 전에 남긴 말을 다시 한 번 떠올려 보았다.

"준이치, 부탁이 있어. 엄마가 죽거든 가메이도에 있는 아케보노학원에 꼭 한 번 가보려무나. 가서 수다 원장님을 찾아뵙거라. 너에겐 3살 많은 누나가 있어. 엄마가 젊었을 때 게이샤였는데, 그때 낳은 아이야."

무슨 말인지 도통 이해가 가지 않았다. 준이치가 질문을 하려고 하자 어머니는 고통스럽게 기침을 하더니 그만 의식을 잃고 말았다. 그리고 이틀 동안 혼수상태로 지내다 준이치가 손을 잡고 지켜보는 가운데 세상을 떠났다.

어머니 장례식이 끝난 뒤 모든 게 일상으로 돌아왔다. 준이치는 어머니 유언에 따라 가메이도에 있는 아케보노학원을 찾아가 보기로 했다. 지도를 찾아보니 가메이도텐진 신사 바로 뒤에 있었다. 그런데 도무지 발걸음을 옮길 용기가 나지 않았다. 아케보노학원 소개말에 있었던 '지적장애아시설'이라는 말이 머릿속에서 떠나질 않았다.

어머니는 어째서 지금껏 누나의 존재를 숨긴 것일까? 어머니와 아버지는 주변 사람들이 부러워할 정도로 사이가 좋은 부부였는데, 아버지는 어머니 과거에 대해 알고 있었을까? 수많은 생각이 준이치의 뇌리를 스쳐 지나갔다.

아케보노학원에 도착하자 신 나는 음악과 아이들의 웃음소리가 어렴풋이 들렸다. 준이치는 집에서 자신을 기다리고 있을 가족이 생각났다. 이제 곧 돌을 맞이하는 아들 준야의 웃음소리와 아내 미치코의 미소가 떠올랐다.

건물 안에서 나온 여직원에게 준이치가 이름을 말하자, 여직원은 용건도 물어보지 않고 인사를 건넸다.

"안녕하세요. 지금 바로 수다 원장님을 불러올게요. 이쪽으로 들어오세요."

잠시 후 원장실로 안내받았다.

원장실 벽은 수많은 사진과 그림으로 장식되어 있었다. 사진에는 어린이들의 미소가 가득했다. 누나는 여기서 도대체 무엇을

하고 있는 것일까? 직원으로 일하나? 이런 생각을 하고 있는데 노크 소리가 들리더니 지긋한 연세의 노부인이 미소를 지으며 들어왔다. 최근에 어디서 만난 적이 있는 것만 같았다.

"준이치 씨, 안녕하세요. 수다 아키코라고 합니다. '처음 뵙겠습니다'라는 인사는 어울리지 않네요. 어릴 때 여러 번 봤으니까요. 그리고 지난번 어머님 장례식에서 뵙죠?"

"처음 뵙겠습니다. 야시로 준이치라고 합니다. 생전에 어머니가 신세를 많이 졌습니다. 오늘 불쑥 찾아와서 실례가 된 건 아닌지 모르겠습니다."

"아니에요, 실은 기다리고 있었어요. 어머님 일은 뭐라고 위로의 말씀을 드려야 할지. 정말 자상한 분이셨어요."

아키코는 감개무량한 표정으로 준이치를 바라보았다.

"이렇게 훌륭하게 커서 어머님께서 참 자랑스러워하셨겠어요. 준이치 씨는 젊었을 때 아버님을 똑 닮았네요."

"네? 아버지를 아세요? 아버지도 여기 온 적이 있습니까?"

"네, 여러 번 오셨어요. 맞아요, 준이치 씨도 함께 온 적이 있어요. 기억 안 나죠? 4~5살 정도였나. 아버님, 어머님 손을 꼭 잡고 같이 왔었죠."

"그렇군요, 전혀 몰랐습니다. 저도 이곳에……."

준이치가 다시 한 번 방 구석구석 살펴보는 사이 아키코는 창가로 다가가 운동장 놀이터를 가리키며 말했다.

"어머님에게 들었죠? 저기 푸른색 니트를 입은 아가씨가 준이치 씨 누나예요. 예쁘죠?"

아키코가 가리킨 놀이터를 본 순간 준이치는 몹시 놀랐다.

"저, 저 사람이 제 누나라고요? 젊은 시절 어머니 모습을 쏙 빼닮았네요."

아키코는 준이치 말에 대답을 하지 않고 창문으로 고개를 내밀어 놀이터를 향해 외쳤다.

"미사, 이제 곧 어두워지니까 아이들을 데리고 안으로 들어와요. 손도 잘 씻기고요. 아이들이 모두 방으로 들어가면 미사만 원장실로 오세요."

미사는 뒤돌아보더니 대답했다.

"네, 알았어요. 자, 얘들아. 어두워지기 전에 빨리 들어가자."

아키코는 옆에서 밖을 바라보고 있는 준이치를 외면한 채 조용히 말했다.

"정말 아름다운 아가씨로 성장했는데, 안타깝게도 지능은 겨우 5~6살 정도예요. 하지만 어린아이들을 돌보는 일만큼은 웬만한 직원들보다 능숙하죠."

"태어나서 쭉 여기서 자란 겁니까?"

"네, 맞아요. 준이치 씨 아버님께서 여러 번 데려가려고 했던 것 같긴 하지만……."

"어머니는 아버지에게 미안해서 데려오지 않은 건가요? 자신이 낳은 딸인데 애정이 없었나요?"

"그건 절대 아니에요. 그렇게 말씀하시면 어머님이 너무 가엾어요."

준이치는 뺨을 맞은 듯한 기분이 들어 아키코 얼굴을 바라보았다.

"어머님이 게이샤가 되신 지 얼마 안 되었을 때 일이에요. 어느 날 밤 술 취한 사람에게 폭행을 당했는데 임신한 걸 알았을 때는 이미 늦었다고 하네요. 결국 미사는 태어나자마자 입양가게 되었죠. 그런데 몇 개월도 채 되지 않아서 소아마비에 걸려 생사를 헤맸대요. 그때 마침 손님으로 오신 준이치 씨 아버님과 처음으로 만나게 되었다고 해요."

아키코가 서랍에서 한 장의 사진을 꺼냈다. 젊을 시절 유키코가 게이샤 차림으로 갓난아이를 안고 있었다. 준이치는 그 사진에서 눈을 떼지 못했다.

"어머님은 그때 고유키라는 이름으로 일했는데 이 근처에서 가장 인기 많은 게이샤였어요. 어느 날 어머니가 미사가 걱정돼서 울면서 춤을 추고 있었대요. 그 모습을 본 준이치 씨 아버님이 놀라서 다른 방으로 데려가 사정을 물어봤다고 하더군요."

"그 일이 인연이 되어 부모님이 결혼하시게 된 건가요? 이제야 실마리가 풀리는 듯합니다."

준이치가 비로소 수긍한 듯 사진을 바라보며 고개를 끄덕였다. 그때 노크 소리가 들렸다.

"미사, 잠시만요. 문 열어줄게요."

아키코가 문을 열자 미사가 활기차게 안으로 들어왔다.

"손님이 찾아오셨어요. 인사해야죠. 준이치 씨예요."

"준이치? 내 동생과 같은 이름이야? 귀여운 내 동생, 준이치."

그때 미사 목에 걸려 있는 산타클로스 모양의 동전 지갑이 준이치 눈에 들어왔다.

"미사 씨, 거기에 뭐가 들었어요?"

미사는 바로 양손을 동전 지갑 위에 올려놓고 조용히 눈을 감았다.

"엄마와 준이치."

그렇게 말하더니 곧장 지갑을 뒤집어 안에 들어있던 것을 꺼

냈다. 미사의 왼손바닥 위에 10엔짜리 동전 세 개가 나란히 놓였다.

"그 30엔, 미사 씨 돈이에요?"

준이치가 의아한 표정으로 물어봤다. 미사가 고개를 끄덕이자 아키코가 재빨리 준이치 귓가에 속삭였다.

"미사가 여섯살 때였던 것 같아요. 유키코 씨와 약속한 건데, 매달 24일에 제가 공중전화로 어머님과 통화를 하게 해줬어요. 미사 생일이 크리스마스이브라서 매달 24일로 정했어요. 수화기 너머로 준이치 씨가 떠드는 소리가 들리곤 했죠. 통화시간은 4~5분 정도밖에 안 됐는데 미사는 그날을 손꼽아 기다렸어요."

준이치는 미사의 산타클로스 지갑을 양손으로 만져보며 말했다.

"그때 10엔짜리 동전을 쓴 거네요."

"맞아요. 전화를 걸 때마다 보통 동전 두 개를 썼어요. 유키코 씨가 지갑에 항상 동전 세 개씩 챙겨서 넣어달라고 제게 신신당부했어요. 그때부터 이 동전 지갑을 잘 때도 목에 걸고 있어요. 10엔짜리 동전이 어머님과 준이치 씨 분신인 셈이죠."

준이치는 원장님의 이야기를 듣는 동안 먼 옛날 일이 떠올라 눈시울이 뜨거워졌다. 유치원 때였을까? 어머니가 똑같은 동전 지갑을 준이치에게도 만들어 준 적이 있다. 그리고 미사에게 그랬듯 10엔짜리 동전 세 개를 넣어주었다.

"만약에 밖에서 무슨 일이 생기면 이걸로 집에 전화해. 어머니가 바로 달려갈 테니까."

어머니는 늘 이렇게 말했다. 초등학교 2학년 정도까지는 어머니 말대로 동전 지갑을 목에 걸고 다녔던 것 같다. 하지만 고학년이 된 뒤로는 친구들이 볼까 창피해서 두 번 다시 목에 걸지 않았다. 그뿐만 아니라 어머니에게 반항하는 심정으로 학교에 가던 길에 동전 지갑을 버린 적도 있다. 하지만 누나는 동전 지갑을 20년 이상 늘 몸에 지니고 있었다. 심지어 동전을 어머니와 나의 분신으로 여기며 소중히 간직하고 있었던 것이다.

'어머니, 죄송해요. 아무것도 모르고. 하지만 이제 걱정하지 마세요. 앞으로 누나는 제가 지킬게요.'

준이치는 마음속으로 어머니에게 사과했다. 그리고 미사 왼손바닥 위에 놓인 10엔짜리 동전을 하나씩 동전 지갑에 넣어주며 말했다.

"미사 씨, 올해 크리스마스는 우리 집에 놀러 와요. 제가 데리러 올게요. 우리 집에도 예쁜 남자아이가 있어요. 준야라고 해요."

미사 눈빛이 갑자기 반짝였다.

"남자아이? 준야? 동생 이름과 비슷하네. 소중한 내 동생……."

미사는 동전 지갑을 위아래로 흔들며 그 자리에서 뛰기 시작했다.

"준이치, 준이치, 소중한 내 동생……."

짤랑 짤랑 짤랑. 산타클로스가 미사와 기쁨을 나누듯 아름다운 하모니를 만들었다.

제 9 화
종이꽃에 사랑을 담아

셔터가 힘차게 열리고 가게 입구에 장식된 벚꽃이 아름다운 자태를 드러냈다. 이마타니 유코가 그토록 기다리던 자신의 첫 전시회 '손으로 만든 종이꽃'이 열리는 날이다. 4월인데도 날씨가 꽤 쌀쌀한 탓에 길을 오가는 이들이 코트 옷깃을 세우고 몸을 움츠린 채 걷는 모습이 가게 안에서도 보일 정도였지만 유코 마음속에는 따스한 봄 햇살이 내려앉았다.

기모노와 전통 소품을 파는 '우메후쿠'의 주인인 가도쿠라 미사오는 유코의 전시회를 위해 주말 동안 선뜻 가게를 빌려주었다. 유코가 만든 종이꽃을 처음 본 순간 진한 감동을 느낀 미사오는 마침 유코의 작품전시회를 열 장소를 찾고 있던 유코 친구들을 돕기로 결심했다. 3년에 걸쳐 만든 작품은 무려 400개에 이른다고 들었지만 가게 공간을 전부 활용해도 150개를 전시하는 게 한계였다.

그럼에도 유코는 더할 나위 없이 만족해했고 도움을 준 미사오에게 진심으로 감사했다. 반년 전까지만 해도 자신이 전시회를 열게 될 줄은 꿈에도 생각 못 했다. 그런데도 지금 눈앞에 현실로 나타났다. 유코는 가게 구석구석까지 장식된 종이꽃을 하나하나 살펴보며 이렇게 속삭였다.

"엄마, 보고 있어요? 엄마가 좋아했던 종이꽃 엄청 많죠?"

이마타니 유코는 어머니 기타가와 도키코의 장례식을 계기로 종이꽃을 만들게 되었다. 유코의 딸 마이가 할머니와의 이별을 아쉬워하며 색종이를 접어 제단에 올려놓은 것을 유코 친구가 보고 이렇게 말했다.

"유코, 마이가 만든 종이꽃 말이야. 마음이 담겨 있어서 그런지 정말 예뻐. 어머님께서도 정말 좋아하실 거야. 나도 언젠가 어머니를 보낼 때 저렇게 종이꽃으로 제단을 장식하고 싶어. 유코가 마이한테 만드는 법을 배워서 나한테도 좀 가르쳐줘."

"응, 시간 나면 물어볼게."

유코는 흔쾌히 대답했지만 그 뒤로 마이에게 물어볼 기회도 없이 시간만 흘렀다.

마이가 고등학교 시절 같은 반 친한 친구가 교통사고로 크게 다친 적이 있었다. 그때 마이는 불과 3일 만에 종이학 1,000개를 접어 선물했다. 그 후 종이접기 매력에 푹 빠진 마이는 종종 방에 틀어박혀 혼자 조용히 종이접기를 하곤 했다. 얼마 후 마이가 만든 종이접기 작품 대부분이 할머니를 위해서 만든 것임을 알게 된 유코는 한없이 기뻐했다. 그 뒤로 마이는 유코에게 자주 이런 부탁을 했다.

"엄마, 다음에 할머니 집으로 갈 때 할머니에게 이것 좀 가져다 드려."

이렇게 해서 유코는 마이의 작품이 완성될 때마다 어머니 댁에 찾아가게 되었다.

도키코도 손녀딸이 만들어 준 작품이 하나씩 쌓여가는 것을 어린 아이처럼 기뻐했는데, 받을 때마다 "이번엔 어디에 둘까?" 하며 집안 이곳저곳을 둘러보곤 했다.

수많은 작품 가운데 도키코가 특히 좋아하고 아낀 게 종이꽃이었다. 조용히 눈을 감고 손가락으로 꽃잎을 한 장씩 어루만지며 소중히 다루는 모습을 유코도 여러 번 본 적이 있다.

그러나 그 시절 유코는 그런 어머니의 모습을 봐도 그저 "엄마는 종이꽃을 정말 좋아하는구나"라고 말했을 뿐, 어머니를 위해 직접 만들어 볼 생각은 미처 하지 못했다. 본인에게 주어진 역할은 오직 딸이 만든 작품을 전해주러 어머니 댁을 자주 방문하는 일이라고 생각했다.

전문대를 졸업한 후 얼마 지나지 않아 결혼한 마이가 출산 준비를 하러 집에 돌아왔을 때의 일이었다. 유코는 갑자기 수년 전 친구와의 약속이 떠올라 이 기회에 종이꽃을 만드는 법을 배워야겠다고 결심했다.

마이가 처음 가르쳐준 종이접기는 시중 교재에 전부 실려 있을 만큼 기초 중의 기초였지만 오랫동안 종이학조차 만들어본 적이 없는 유코에게는 어려운 도전이었다. 만드는 법은 그렇게 어렵지 않았지만 수십 장에 이르는 꽃잎과 조각들을 만들어 풀과 실을 쓰지 않고 이어 붙이는 작업은 생각보다 힘이 들어 포기하고 싶은 마음이 들 때도 잦았다. 하지만 고생 끝에 완성한 작품을 처음 봤을 때는 정말로 자신이 만든 것이라고 믿을 수 없을 정도로 놀랐다. 유코는 연분홍에 노란색과 파란색 꽃무늬가 군데군데 그려진 모던한 디자인의 종이를 골랐는데, 완성된 종이꽃은 마치 아름답게 핀 벚꽃처럼 사랑스럽고 매력적이었다.

유코는 문득 도키코가 세상을 떠나기 수개월 전 흐드러지게 핀 벚꽃을 함께 보았던 기억이 떠올랐다. 의사에게 시한부 선고를 받은 어머니를 휠체어에 태우고 병원을 빠져나와서 벚꽃놀이 삼아 공원에 갔을 때였다. 도키코는 벚꽃을 흐뭇하게 바라보며 속삭이듯 말했다.

"벚꽃은 대단해. 짧은 기간 동안 최선을 다해 살잖니. 며칠 전까지만 해도 꽃봉오리였는데 순식간에 젊은 아가씨처럼 꽃단장을 하고 말이야. 삶에 대한 에너지가 불타듯이 피어오르다가 마지막 뒷모습을 나뭇잎으로 숨기듯 아름답게 지고……그리고 굵은 나무의 일부로 남아 다음 세대로 생명을 이어가잖아."

유코는 어머니의 말을 잠자코 들었다.

"유코, 난 벚꽃처럼 화려한 인생을 살지 못했지만 지금까지 네가 있어 행복했어. 고생을 많이 시켜서 미안하구나. 하지만 유코가 행복한 가정을 꾸린 덕분에 마지막만큼은 나도 벚꽃처럼 아름답게 질 수 있을 것 같아. 나도 이제 벚꽃처럼 한 줄기 나뭇가지가 되어 너를 지켜볼게."

그리고 도키코는 벚나무 아래에서 조용히 눈을 감고 옛 추억에 잠겼다.

도키코는 18살이란 어린 나이에 시즈오카에 있는 큰 주류 도매점으로 시집을 가서 세 명의 아이를 낳았다. 그런데 무슨 이유 때문인지 시어머니에게 미움을 사 결국 세 명의 아이를 빼앗긴 채 쫓겨난 슬픈 과거가 있었다. 부모로서 자신이 낳은 아이를 두고 떠나는 게 얼마나 마음 아픈 일인지 유코도 쉽게 상상할 수 있었다.

그 후 어머니는 도쿄에 나와 일하는 중 아버지를 만났고, 얼마 안 있어 결혼식을 올리지 않은 채 유코를 낳았다. 두 사람이 만났을 당시 유코 아버지는 오랫동안 아내와 사이가 좋지 않아 언제 헤어져도 이상하지 않은 상황이었다고 한다. 그런데 두 사람 사이에 아이가 생긴 걸 알게 된 아내가 분개해 끝까지 이혼을 해주지 않는 바람에 결국 도키코는 시댁에서 며느리로 인정받지 못했다.

어머니의 과거와 자신의 출생에 얽힌 사연을 알게 된 것은 유코가 성인이 된 이후의 일이었다. 직장에서 알게 된 이마타니 기요타카와 사랑에 빠져 결혼 약속을 한 무렵 이마타니 집에서 흥신소를 통해 유코의 과거를 조사한 것이다.

유코의 아버지는 초등학교 1학년 때 세상을 떠났다. 아버지는 거의 주말에만 집에 들어왔다. 유코는 아버지가 일이 바쁘고 출장이 잦아 그런 거라는 이야기를 들으며 자랐다. 그래도 주말이면 집에 와서 유코와 시간을 보내는 자상한 아버지였다.

아버지가 세상을 떠났다는 소식을 들었을 때 어머니는 소리를 지르며 미친 듯이 울었다. 어머니 손에 이끌려 장례식에 갔지만 어찌 된 일인지 아버지의 마지막 모습도 못 봤을 뿐더러 분향을 마치자마자 쫓겨났다. 어린 시절의 일이지만 유코는 아직도 기억하고 있었다. 어머니는 울며 아이가 아버지의 얼굴을 마지막으로 볼 수 있게 해달라고 애원했지만 끝내 거절당했다. 영결식 때도 마찬가지로 기둥 뒤에 숨어 영구차를 배웅했다. 아버지에 대한 기억은 이게 전부였다.

아버지의 장례식이 끝난 이후, 어머니는 사람들이 보는 앞에서 눈물을 흘리지 않게 되었다. 오히려 예전보다 더 자상해졌다. 유코는 어머니와 단둘이 지내는 생활에 조금도 부족함을 느끼지 않았다. 그 이후 단 한 번도 아버지에 대해 언급하지 않았고, 자신의 출생에 대해서도 궁금해하지 않았다.

그러던 어느 날 갑자기 예비 시댁에서 흥신소가 작성한 보고서를 보게 되었다. 처음에는 무슨 영문인지 알 수 없었다. 자초지종을 알게 된 후 자신이 사생아임을 알게 된 것보다 예비 시댁에서 어머니가 숨기려 했던 슬픈 과거를 문제 삼은 게 화가 나 참을 수가 없었다.

유코는 결혼을 포기하기로 결심했지만 나중에 시댁에서 사과해 결혼식을 올리게 되었다. 남편이 유코와 꼭 결혼하겠다며 강하게 주장했기 때문이었다.

다행히도 남편은 결혼 후에도 변함없이 따뜻하고 상냥했다. 덕분에 시어머니에 대한 분노도 눈 녹듯이 사라졌고 언제부터인가 시어머니의 행동들도 아들을 아끼는 마음에 그런 것이라고 이해

할 수 있게 되었다. 그와 동시에 힘든 내색 한 번 하지 않고 꾹 참아온 어머니를 더더욱 존경하게 되었다.

태어나서 처음으로 자신의 힘으로 만든 종이꽃을 바라보고 있으면 어머니와 함께한 추억들이 선명하게 되살아나는 듯했다. 그때부터 유코는 종이꽃 만들기에 열중하게 되었다. 종이접기에 관한 책을 사다 보면서 처음에는 2~30장의 종이로 종이꽃을 만들기 시작했는데, 나중에는 50장, 70장의 종이를 사용하는 어려운 작품에 도전하게 되었다. 전시회를 앞둔 3개월 전에는 무려 550장의 종이로 이루어지는 대작을 만들 실력을 갖추게 되었다.

길을 오고 가는 사람들이 잇따라 입구에 장식된 종이꽃을 보고 발걸음을 멈추었다. 가게 안에 전시된 작품에 많은 사람이 관심을 보였고, 작품을 전부 둘러본 사람들은 한결같이 감탄을 금치 못했다.

"정말 대단해. 이걸 전부 색종이로 만들었다니 믿기지가 않을 정도야."

이렇게 말하는 사람도 있었다.

유코는 감탄하는 소리가 들릴 때마다 뿌듯한 마음에 칭찬을 받은 종이꽃에 윙크를 보냈다. 그때마다 종이꽃이 미소 짓는 어머니의 얼굴처럼 보였다.

'엄마, 들으셨죠? 또 칭찬받았어요. 전부 다 엄마와 이야기를 나누는 심정으로 만든 것들이에요. 앞으로도 계속 만들게요. 힘든 일도 모두 종이꽃처럼 접어서 잊을 테니까 걱정 말아요.'

유코는 마음속으로 이렇게 속삭이다 문득 깨달았다. 이렇게 열중할 수 있는 일을 찾을 수 있게 된 것은 다름 아닌 어머니의 마지막 선물이었다.

제 10 화
그린
카드

귓가에 조용히 울려 퍼지던 클래식 음악이 갑자기 잡음으로 뒤덮였다. 게이코가 서둘러 이어폰을 빼려고 한 순간, 스튜어디스가 하이톤의 목소리로 30분 뒤 호놀룰루에 도착한다고 알렸다. 창밖을 내다보니 마치 파란색 카펫을 깐 듯 구름 한 점 없는 맑은 하늘이 펼쳐졌다.

"엄마, 마음의 준비는 됐어?"

나리타공항에서 출발한 뒤 식사시간 외에는 거의 말도 하지 않고 간호사 국가시험 공부에만 열중하던 유카가 처음으로 입을 열었다.

"아빠 공항에 나와 있을까?"

"그렇겠지. 본인이 불렀는데 먼저 와서 기다리는 게 예의지."

게이코가 뾰로통하게 대답했다.

"그런 예의가 안 통하는 게 아빠잖아. 그래서 이혼한 것 아니야?"

"맞아, 그랬지. 엄마가 깜박했네. 17년이나 지났으니."

유카의 말은 들은 게이코가 웃었다.

"레이코 아줌마도 나와 있을까?"

"당연하지. 유카가 이렇게 하와이까지 왔잖아. 레이코 씨 소원대로 앞으로도 계속 하와이에 살 수 있게 되는데. 함께 마중 나오는 게 예의 아니겠어?"

"엄마, 아빠의 재혼 상대를 처음 만나는 심정이 어때? 설마 만나자마자 여자끼리 싸우는 건 아니겠지? 난 그건 못 참아."

'농담 반 진담 반이겠지만 유카도 내심 걱정해주고 있구나'라고 게이코는 생각했다.

"뭐, 아무 생각 없어. 만나기 싫은 것은 내가 아니라 저쪽일 것 같은데? 난 네 아빠랑 헤어지고 싶어서 이혼한 거지만 그쪽 입장에선 불륜을 저지른 거니까."

그렇게 말하긴 했지만 점점 초조해지는 걸 느꼈다.

'도대체 레이코라는 여자는 어떤 사람일까? 결혼 전까지 스튜어디스였다고 하니까 보나마나 미인이겠지. 성격은 어떨까?'

'공항에 도착해서 처음에 뭐라고 인사해야지? 초라해 보이는 건 절대 싫어.'

'이런 기분이 될 줄 알면서 왜 여기까지 따라왔을까? 그냥 유카 혼자 보낼 걸…….'

게이코의 자문자답이 끝없이 이어졌다.

17년 전에 이혼한 남편 사와모토 마사아키가 전근지인 하와이에서 전화를 걸어온 것은 10일 전의 일이었다.

오랜만에 전화를 걸어온 마사아키는 "안녕, 나야"라고 아무렇

지 않게 말했다.

게이코는 마사아키의 전화를 받을 때마다 이제 부부 사이도 아닌데 이런 식으로 인사하지 않았으면 좋겠다고 생각했다. 그러나 매번 불평할 틈도 없이 마사아키에게 휘둘리기 일쑤였다.

마사아키는 제일 먼저 습관처럼 가족의 안부를 묻는다. 그렇다고 게이코의 대답을 진지하게 듣는 것도 아니고 곧바로 자기 용건을 말하기 시작한다. 유카에게 전화를 바꿔주면 아버지 노릇을 하려고 학교생활에 대해 이것저것 물어본다. 결국에는 상대가 누구든 자기 일에 대해 이야기를 하다가 전화를 끊는다. 마사아키는 항상 이런 식이었다.

헤어지고 나서 처음 1년은 매달 전화가 왔다. 하지만 레이코와 재혼 후 5년, 10년이 지나자 점차 연락이 뜸해져 최근에는 1년에 한두 번 정도 전화 오는 게 전부였다.

이혼 당시 유카는 겨우 4살이었기에 매일 밤 훌쩍거리며 아버지와 만날 날을 손꼽아 기다렸다. 하지만 초등학교, 중학교로 올라가면서 점차 아버지에 대해 먼저 언급하는 일이 없어졌다.

하지만 지난번 마사아키 전화는 평소와 느낌이 달랐다. "안녕, 나야"라고 인사하는 건 변함없었지만, 갑자기 "유카를 2~3일 정도 빌려주면 안 될까?"라고 말했다.

뜬금없는 말에 놀란 게이코가 한마디 하려고 하자 마사아키가 평소처럼 일방적으로 말을 하기 시작했다.

"나 회사 그만두기로 했어. 현지 사장과 잘 안 맞아서…….그런데 문제는 회사를 그만두게 되면 취업비자 효력이 상실되어서 일본으로 돌아가야 해. 그런데 레이코도 아이들도 일본에는 절대 안 돌아가겠다고 하잖아. 그래서 이 기회에 미국 영주권을 취득하려고 변호사에게 상담해 봤어. 그린카드라고 들어봤지? 변호사가 일본계 3세 미국인인데 일본어도 그럭저럭 잘해. 그런데 요즘 그린카드 취득하기가 힘들어서 돈을 많이 내도 2~3년은 걸린다는 거야. 그러면 진짜 힘들어지거든. 2~ 3년을 어떻게 기다려? 다른 방법이 없을지 변호사와 상의하던 중에 내가 어쩌다 이런 말을 한 거야."

"뭐라고 했는데?"

게이코가 말했다.

"딸이 태어났을 때 제대로 신청해 놓을 걸 그랬다고, 괌에서 태어났으니까 그때 그린카드를 신청했으면 바로 나왔을 거라고 말했지."

"그랬더니?"

"그 변호사가 갑자기 '미스터 사와모토, 방금 뭐라고 하셨어

요? 혹시 큰따님이 계세요? 괌에서 태어났어요? 지금 몇 살이에요?' 라고 막 물어보는 거야."

"그래서 뭐라고 했어?"

게이코는 마음속으로 '결론을 빨리 말하란 말이야'라며 마사아키를 재촉했다.

"그래서 옛날 괌 호텔에 주재원으로 있었을 때 큰딸이 태어났다고 했어. 물론 첫째 부인 사이에서 태어난 아이이고 아마도 작년 여름에 21살이 되었을 거라고 말했어. 그랬더니 변호사가 자리에서 벌떡 일어나서 큰 소리로 막 웃기 시작하더니 '미스터 사와모토, 그걸 먼저 말해 주셔야죠. 이야기가 훨씬 쉬워지네요. 괌에서 태어난 사람은 모두 미국인입니다. 따님이 21살이라고 하셨죠? 완벽해요'라고 하는 거야. 너무 크게 말해서 호텔 로비에 있었는데 주변 사람들이 다 쳐다봤다고. 얼마나 창피했는지 몰라."

마사아키가 한숨을 돌리는 사이에 게이코가 입을 열었다.

"유카 미국 여권은 아이 때 사진 그대로야. 괌에서 돌아온 후 한 번도 갱신 안 했으니까. 그리고 미국 국적은 일본 국적을 포기하지 않는 이상 21살이 되면 자동으로 소멸되는 거 아니야?"

"응, 나도 변호사에게 그렇게 물어봤는데 몇 년 전에 미국 법이 바뀌었대. 그리고 여권 갱신은 쉽대. 미국 대사관에 가서 벌금만 좀 내면 바로 갱신해 준다고 하더라고. 아 맞다, 그리고 우리가 이혼한 지 15년이 넘었고 당신과 유카는 지금도 내 성을 따르고 있지만 이혼했으니까 유카의 친권은 당신에게 있다는 이야기도 했어. 그래도 상관이 없대. 괌에서 태어난 유카는 지금도 미국인이고, 나이도 21살이니까 성인인 유카가 일본인 아버지에게 그린카드를 발급해달라고 신청할 수 있는 자격이 있대. 이런 제도가 있다니 역시 미국이야. 마냥 신기해."

마사아키는 설명을 다 마쳤다는 듯 "후우"하고 한숨을 내쉰 뒤 본론을 이야기했다.

"그래서 부탁 좀 하려고. 유카에게 내일 당장 미국대사관으로 가서 여권을 갱신한 다음에 가능한 한 빨리 하와이로 와서 그린카드 신청을 해달라고 하면 안 될까? 하루 이틀만 있으면 돼. 당신이 유카에게 부탁 좀 해줘."

여기까지 듣고 '이 사람은 조금도 변하지 않았구나'라는 생각이 들어 게이코는 한숨이 새어 나왔다. 이 사람이 하고 싶었던 말은 결국 마지막 한마디였고, 본인이 직접 유카에게 부탁하기 미안하니까 내게 대신 해달라고 하는 것 아닌가. 예전부터 그랬다. 불과 ⊠년간의 결혼생활이었지만 셀 수 없을 만큼 이런 기분을 많이

느꼈다. 또다시 겪고 싶지 않다는 생각에 몸서리가 쳐졌다.

"미안하지만, 난 싫어. 당신이 직접 유카에게 부탁해. 지금 간호사 국가시험을 준비하고 있어서 열심히 공부하는 중이야. 오늘도 아침부터 친구 집으로 가서 공부하고 있다고. 저녁때 집에 오니까 밤에 다시 전화해 봐. 유카에게 전해줄게. 하지만 기대는 하지 마."

게이코는 자신의 말투에 가시에 돋친 게 느껴졌다. 하지만 마사아키는 전혀 눈치채지 못한 듯 밤에 다시 전화하겠다고 말하고 전화를 끊었다.

수화기를 놓자마자 게이코는 화가 치밀어올랐다.

'그린카드라고? 마사아키가 어떻게 취득할 조건이 되지? 17년 동안 아버지 노릇 한 번 제대로 한 적 없잖아. 위자료며 양육비며 한 푼도 안 주면서. 그리고 왜 레이코 씨 몫까지 해야 하는데? 일본으로 돌아오기 싫다고? 무슨 소리야. 나도 마사아키와 결혼하기 전부터 미국에서 사는 게 꿈이었어. 그래도 레이코 씨에게 싫은 소리 한 번 한 적도 없어. 오히려 레이코 씨와 마사아키가 불륜을 저지른 덕분에 미련 없이 헤어질 수 있었다고 고맙게 생각했는데.'

게이코는 어느새 자신이 한심하게 느껴질 정도로 분노에 타올랐다.

그날 유카가 집에 들어오자 게이코는 곧장 마사아키와 통화한 내용을 전했다. 예상대로 유카는 싸늘한 반응을 보였다.

"아빠는 정말 제멋대로야. 시험까지 얼마 안 남았고 하루하루가 소중하단 말이야. 시험이 끝날 때까지 기다리겠다면 몰라도 한 달 남은 지금이 얼마나 중요한 시기인데. 절대 안 가. 설마 아빠도 딸의 인생을 망칠 생각은 없겠지?"

게이코는 유카의 확실한 태도에 기분이 풀려 자신도 모르게 싱긋 웃었다.

밤이 깊어 다시 마사아키에게서 전화가 걸려왔다. 이번에는 유카가 기다렸다는 듯 자신의 방에서 수화기를 들었다. 게이코는 옆방에서 조용히 귀를 기울이고 두 사람의 대화를 엿들었다.

처음에는 낮에 마사아키가 자신에게 했던 이야기를 하는지 "응"이나 "그래"라고 대답하는 소리만 들렸는데, 잠시 후 유카의 목소리가 똑똑히 들렸다.

"아빠, 엄마가 말했겠지만 나 간호사 국가시험까지 한 달밖에 안 남아서 지금 막판 스퍼트에 접어들었어. 한 달도 못 기다려? 아, 그렇구나, 빨리 신청하지 않으면 회사를 그만두지 못하는구나. 그만두게 되면 일본으로 들어와야 되고. 음, 어떡하지. 나도 지금 궁지에 몰렸어. 아빠, 그럼 하루만 생각할 시간을 줘. 내일

다시 이 시간에 전화할 수 있어? 엄마와 상의해 볼게. 그래, 알았어. 끊을게."

수화기를 놓는 소리가 들리더니 유카가 곧바로 방에서 뛰쳐나왔다.

"엄마, 아빠 하나도 안 변했어. 헤어지길 백 번 잘했어."

"응, 나도 낮에 통화했을 때 그렇게 느꼈어. 그런데 유카 대단하다. 엄마 깜짝 놀랐어. 하루 기다리게 하는 기술은 대체 어디서 터득한 거야?"

"엄마, 지금 놀랄 때가 아니야. 아빠랑 통화하는 중에 이러다 하와이에 가게 될 것 같아서 겁이 덜컥 나서 말이야. 시간을 벌려고 그렇게 말한 거야. 이렇게 중요한 시기에 하루라도 허투루 보내면 시험에 떨어질 거야. 하와이에 간다니. 공항에 가는 시간이며 여러 가지 절차 같은 거 생각만 해도 벌써 귀찮아. 영어도 못하는데……."

유카는 오른손으로 얼굴을 받치고 생각에 잠긴 듯하더니 갑자기 큰소리로 외쳤다.

"맞아, 좋은 방법이 있어. 엄마가 같이 가는 거야. 그럼 나 계속 공부할 수 있잖아? 탑승 수속 같은 걸 다 엄마가 하고 나는 비행기 안에서도 공부하고, 그러다 보면 하와이에 도착해 있겠지.

그럼 이틀 정도는 시간 낼 수 있어. 그래, 그렇게 하자. 우리 비행기 표라든가 숙박 비용은 당연히 아빠가 낼테니까 문제 없을 거야. 내일 전화 오면 아빠에게 그렇게 말할게."

10일 전 대화를 떠올리는 사이 "쿵"하는 소리와 함께 비행기가 착륙했다. 빠른 속도로 활주로를 달리는 비행기 속에서 유카는 여전히 문제집을 들여다 보고 있다. 게이코는 그 집중력이 확실히 아버지를 닮았고, 자신의 유전자는 아니라고 새삼 느꼈다.

"유카, 도착했어. 슬슬 일어날 준비해."

"드디어 올게 왔네."

"20분 정도 일찍 도착했다고 하니까 아빠는 아직 안 왔을지도 몰라."

게이코는 손목시계를 현지 시각에 맞추며 말했다.

"그럼 과바 주스라도 마시면서 기다릴까? 아, 오랜만이네. 현지 과바와 푸른 하늘. 히히."

'또 시작이네. 이런 면도 아버지를 닮았어. 나도 부정적인 타입이 아닌데 마사아키와 유카는 못 따라가겠어.'

게이코는 어이없다는 듯 유카의 얼굴을 바라보았다.

출발 전 구입한 핑크색 짐가방을 끌고 둘이서 나란히 세관을

통과했다. 밖으로 나오자마자 멀리서 마사아키가 "어이, 이쪽이야"라고 말하며 손을 흔드는 모습이 보였다. 마사아키가 천천히 게이코와 유카를 향해 걸어왔다.

옆에 아무도 없는 걸 보니 레이코 씨는 차 안에서 기다리고 있는 것일까.

"아빠, 오랜만. 여전히 통통하네."

"인사가 그게 뭐냐? 오랜만에 봤는데. 유카도 당신도 먼 길을 오느라 고생 많았어."

'방금 당신이라고 했어? 부부 사이일 때는 그렇게 부르긴 했지만. 근데 지금은 헤어졌잖아. 당신이라고 하면 안 되지.'

머릿속으로 쓸데없는 생각을 하는 게이코를 향해 마사아키가 머리를 긁으며 말했다.

"미안한데 레이코가 아직 안 왔어. 난 사무실에 들렀다가 바로 택시 타고 왔거든. 슬슬 올 때가 되었는데 늦네. 어, 저기 왔다."

멀리서 검정 미니 원피스를 입은 짧은 머리의 여자가 종종걸음으로 다가왔다.

'상상했던 거보다 더 예쁘네.'

이게 레이코의 첫인상이었다.

레이코는 가까이 오자마자 가쁜 숨을 몰아쉬며 말했다.

"늦어서 죄송해요. 길이 막혀서 생각보다 늦었어요. 유카, 반가워."

"괜찮아요. 아줌마, 오랜만이에요."

유카가 레이코에게 인사를 했다. 게이코도 서둘러 인사를 건넸다.

"처음 뵙겠습니다. 게이코라고 합니다."

"네, 안녕하세요. 레이코라고 합니다."

순간 눈이 마주쳤지만 게이코는 바로 눈길을 돌렸다. 마사아키가 분위기를 바꿔보려는 듯 끼어들었다.

"어서 가자. 시간이 많지 않아. 변호사와 11시에 출입국 관리소에서 만나기로 했어. 미안한데 당신은 거기서 택시 타고 호텔로 먼저 가."

'뭐야? 이제 난 필요 없다 이거야?'

레이코는 마음속으로 이렇게 생각했지만 여유 있게 대답했다.

"그래, 그렇게 할게. 내 걱정은 하지 마. 자, 어서들 가요."

마사아키가 유카의 짐을 한 손으로 번쩍 들고 빠른 걸음으로 나섰다. 하이힐을 신은 레이코가 마사아키 뒤를 종종걸음으로 쫓아갔고 유카와 게이코가 그 뒤를 따라갔다.

"엄마, 혼자서 괜찮아?"

“그럼. 걱정 마. 호놀룰루는 처음이지만 영어만 통하면 어떻게든 되겠지.”

그렇게 말한 게이코는 앞서 걸어가는 레이코의 뒷모습을 가만히 관찰했다.

‘얼굴도 예쁘고 몸매도 좋네. 게다가 유카 말대로 전신 명품으로 무장했잖아. 그에 비해 난…….’

이렇게 생각하면서도 게이코는 레이코의 첫인상이 그리 나쁘지 않아 일단 안심했다.

출입국 관리소에 도착하자 마사아키는 유카와 함께 정문에서 먼저 내려 서둘러 안쪽으로 뛰어갔다. 게이코는 레이코 차를 타고 주차장까지 가 트렁크에서 짐가방을 꺼낸 다음 레이코와 함께 택시 승차장까지 걸어갔다. 레이코가 먼저 말을 꺼냈다.

“그이가 항상 제게 말해요. ‘게이코는 너와 달리 머리도 좋았고 요리도 잘했다’고…….”

“네? 그런 소리를 한단 말이에요? 과거의 실패에서 조금은 교훈을 얻은 줄 알았는데 아직도 정신을 못 차렸나 보네요.”

“네, 교훈 따위 없는 모양이에요. 말씀하신 대로 지금도 정신을 못 차리고 있어요.”

게이코는 웃음이 터져 나왔다.

'재미있는 사람이네. 처음 만난 전처 앞에서 이런 식으로 남편 뒷담화를 하다니. 아니면 이것도 일종의 질투인가?'

게이코는 그런 모습이 귀엽게 느껴져 레이코에게 호감이 느껴졌다.

마사아키가 예약한 쉐라톤 와이키키 호텔은 고층 호텔들이 즐비한 중심가에 위치해 있었는데 눈앞에 푸른 바다가 펼쳐지는 전망 좋은 곳이었다. 유카가 돌아올 때까지 딱히 할 일이 없어 게이코는 베란다 의자에 멍하니 앉아 있다가 어느새 잠이 들었다. 시간이 얼마나 지났을까. 멀리서 들려오는 유카와 아이들의 웃음소리에 잠이 깼다. 유카가 마사아키의 아이들을 데리고 온 모양이다.

게이코는 벌떡 일어나 손목시계를 확인했다. 벌써 3시가 넘었다. 잠결에 베란다에서 방 안에 들어온 것 같은데, 옷도 안 갈아입은 채 의외로 깊이 잠이 들었다. 서둘러 거울 앞으로 가 립스틱을 바르고 옷차림을 정돈하고 있으니 이내 노크 소리가 들렸다. 문을 열자 5~6살쯤으로 보이는 루미와 함께 유카가 쾌활하게 방으로 들어왔다.

"엄마, 나 왔어. 아빠 집에 들러서 루미와 요헤이를 데려왔어."

"아줌마, 안녕하세요."

처음 보는 루미가 방긋방긋 웃으며 인사했다.

"안녕하세요. 네가 루미야? 반가워."

이윽고 요헤이가 다가왔다. 기억이 맞다면 중학교 1~2학년이 되었을 것이다.

"아줌마, 안녕하세요. 요헤이라고 합니다."

"반가워, 요헤이."

요헤이 얼굴을 본 순간 게이코 머릿속에 오래전에 시어머니가 보여준 마사아키 어릴 때 사진이 떠올랐다. 곱슬머리에 햇볕에 까맣게 탄 얼굴, 그리고 반짝이는 하얀 치아. 마치 어린 시절 마사아키를 보는 것 같았다.

"많이 기다리게 해서 죄송해요."

레이코가 아이들 바로 뒤에서 말했다.

"생각보다 시간이 걸리긴 했지만 벌써 임시허가증이 나왔어."

마사아키가 환한 표정으로 작은 분홍색 카드를 내밀었다.

"응? 그게 뭐야? 임시로 발급된 그린카드야? 그렇게 쉽게 나와?"

"응 쉬웠어. 먼저 유카가 오른손을 들고 선서를 했어. 예스, 예스라고 말했을 뿐이지만. 그리고 '당신은 유카 사와모토 본인입니까? 이 분이 아버지 맞습니까?'라는 질문에 답하고 끝이야. 유카는 예스 외에 말한 거 없지?"

"아빠 말이 맞아. 엄마, 영어로 이것저것 물어볼까 봐 걱정했는데 다행이었어."

"그린카드는 2~3개월 뒤에 보내준다고 하는데 이제 안심해도 된대. 유카 덕분이야. 오늘은 내가 맛있는 것 살게."

"유카, 정말 고마워."

레이코도 그렇게 말한 다음 가볍게 머리를 숙였다.

그 후 일단 헤어졌다가 저녁 때 마사아키가 호텔로 데리러 와서 호놀룰루 번화가에 있는 고급 레스토랑으로 갔다. 여섯 명이 함께 모여 즐거운 분위기 속에서 식사를 했다. 게이코는 대화를 나누며 마사아키와 레이코를 주시했다. 평범한 부부와 다를 바 없는 모습이었다.

다음 날 게이코와 유카는 점심때쯤 근처 쇼핑몰로 가 모녀가 함께 오랜만에 쇼핑을 즐겼다.

저녁은 전날과 마찬가지로 마사아키 가족과 함께 먹었다.

그리고 다음 날 아침, 공항으로 가는 중 게이코는 마음에 걸리는 일이 있었다. 레이코와 단둘이서 제대로 이야기를 나누지 못한 일이다. 앞으로 두 번 다시 만날 일이 없을 테니 굳이 친밀하게 대화할 필요는 없었다. 하지만 게이코는 마지막으로 무슨 말

이든 해주고 싶었다.

공항에 도착하자 마사아키가 유카의 어깨를 두드리며 말했다.

"아빠가 유카 선물 하나 사 줄게."

게이코는 지금이 기회다 싶어 "잘됐네. 유카, 갔다 와. 난 여기서 레이코 씨와 기다리고 있을게"라고 말하며 두 사람을 보냈다.

게이코는 레이코와 함께 근처 소파에 앉았다. 막상 기회가 주어지니 무슨 이야기를 해야 좋을지 망설여졌지만 게이코 입에서 자연스럽게 말이 터져 나왔다.

"레이코 씨, 저 안심했어요. 행복하게 지내는 것 같아서요."

"그런가요? 실은 저 지금까지 몇 번이나 그이와 헤어지려고 했어요. 진심으로요. 하지만 전 게이코 씨와 달리 친정집이 도쿄가 아니에요. 친정은 이와테에 있는데 거기는 마땅한 일자리가 없어요. 아무래도 하와이에 있는 게 나은 것 같아서 최근 들어 겨우 포기했어요. 하지만 지금도 가끔 게이코 씨가 부러울 때가 있어요."

이렇게 말한 다음 레이코는 쓸쓸한 표정으로 먼 곳을 쳐다봤다.

'아, 이 사람도 지금 행복하지 않나 봐. 내가 헤어지기 전에 그랬던 것처럼 똑같이 고민하고 있어.'

이런 생각이 들자 게이코는 레이코가 더욱 가깝게 느껴져 조용히 먼 곳을 바라봤다.

'레이코 씨, 내게 질투할 필요 없어요. 당신은 당신의 인생을 하와이에서 걸어가면 돼요. 당신 나름대로 마사아키를 사랑하면서…….'

마사아키와 유카가 돌아왔다.

"엄마, 아빠가 구찌 가방 사줬어. 횡재한 기분이야."

"그래, 다행이네. 자, 슬슬 게이트로 가자."

"응, 이제 가야겠다. 유카, 당신 고마웠어."

"내가 고맙지, 잘 챙겨줘서. 나 말이야, 당신 가족을 처음 만났지만 정말 행복해 보여서 놀랐어. 부디 레이코 씨에게 버림받지 않도록 잘해."

"뭐야, 내가 왜 버림받아."

마사아키가 웃으며 말했다.

"그때는 일본으로 돌려보낼게요. 게이코 씨가 받아 주세요."

레이코가 말했다.

"택배로 보내시려고요? 레이코 씨, 그건 안 돼요. 바로 대형 쓰레기로 내놓을지도 몰라요."

"에이, 그만 좀 해. 여자들끼리 이상한 소리나 하고. 맞지, 유카?"

"아빠, 나도 여자야."

다 같이 웃음을 터뜨렸다.

게이코는 유카와 나란히 게이트로 향했다. 게이트에 들어가기 전 뒤돌아서 마지막 인사를 했다.

"그럼 저희는 이만 가볼게요. 건강히 잘 지내요."

"그래, 또 보자. 조심해서 가."

"아빠, 좀 쉬어 가면서 일해. 요헤이와 루미에게 편지 써서 보내라고 해줘. 그럼 다들 잘 있어."

얼마 못 가 게이코와 유카가 마지막으로 뒤돌아보니 마사아키와 레이코가 나란히 손을 흔들고 있었다. 게이코도 유카도 크게 손을 흔들었다.

비행기에 올라타 좌석에 앉자마자 유카는 문제집을 꺼내 바로 시험 공부를 하기 시작했다. 게이코는 창밖을 쳐다보며 생각에 잠겼다.

잠시 후 비행기가 출발해 이륙하자마자 유카가 고개를 들고 말했다.

"여자끼리 안 싸웠네. 엄마, 대단해. 나 엄마를 다시 봤어."

"싸우긴 왜 싸우니. 그것보다 아빠가 행복해 보여서 다행이야. 생각보다 둘이 잘 어울리네."

"응, 잘 어울리더라고. 자, 이제 엄마 차례야."

"뭐가?"

"그린카드. 변호사에게 물어봤어. 엄마는 더 쉽게 취득할 수 있을 거래. 도쿄에 도착하면 미국대사관에 가보자. 엄마의 꿈 꼭 이루어질 거야."

유카의 말을 들은 게이코는 오랫동안 마음 한구석을 차지하던 응어리가 눈 녹듯 사라지는 것 같았다.

"유카, 고마워. 엄마 말이야, 길고 긴 싸움이 드디어 끝난 것 같아서 어깨 힘이……."

끝내 말을 잇지 못하는 게이코를 유카는 조용히 바라보았다. 게이코의 눈에서 한줄기의 눈물이 흘렀다. 유카가 태어나서 처음 본 어머니의 눈물이었다.